KB044158

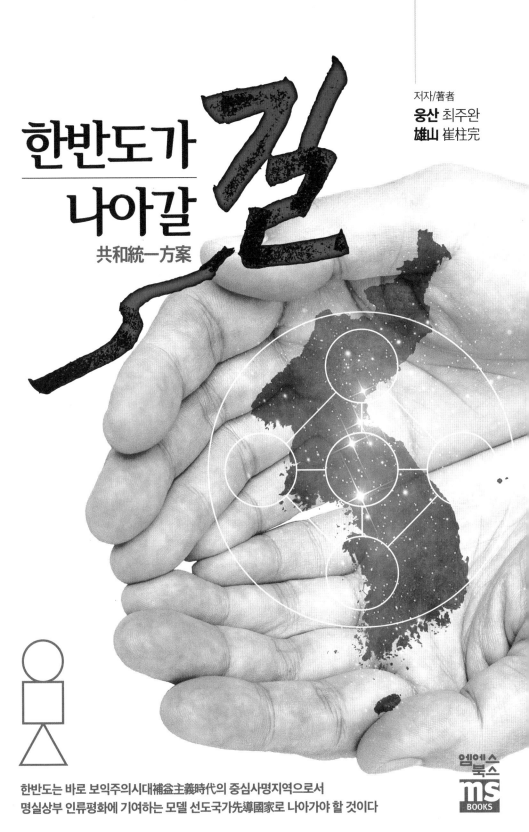

한반도가 나아갈 **길**

共和統一方案

저자/著者
웅산 최주완
雄山 崔柱完

한반도는 바로 보익주의시대補益主義時代의 중심사명지역으로서
명실상부 인류평화에 기여하는 모델 선도국가先導國家로 나아가야 할 것이다

엠에스
북스
ms
BOOKS

한반도가 나아갈 길

共和統一方案

2018

엠에스
북스
ms
BOOKS

머리글

삼천대천세계 삼라만상, 우주의 구조원리는 가장 자연스러운 원리로 이루어져 있다. 가장 자연스럽다는 것은 바로 인위人爲가 가미되지 않은, 자연自然의 본 모습을 말한다. 달리 말하면 인간의 조작이나 꾸밈이 없는 무위자연無爲自然, 그대로 이루어져 있다는 것이다.

행위 없음[무위無爲]으로 행위[行爲]를 이루는 도리, 행위[行爲]로 행위 없음[無爲]을 이루는 도리. 이런 도리가 논리적으로 가능할까? 무극無極, 태극太極, 일음일양一陰一陽하는 이 우주 구조원리를 깊숙이 명상해 들어가 보자. 그러면 그 이면의 소리 없는 아우성, 음파音波 없는 소리를 엿들을 수 있을 것이다.

이 도리 속에 우리 민족이 나아갈 깨달음이 있다.

옛 성인께서도 일대사인연一大事因緣으로 이 땅에 태어나서 길에서 길로

평생 법문을 하시며 다니셨다. 하지만 『열반경』에서는 '불가설불가설不可說不可說'이라고 하시면서 실제 이 생을 마감할 때는 '나는 한마디도 말하지 않았다.'고 했다.

이 난해한 가르침은 우주의 구조원리를 주관하시는 하늘의 주체, 하늘 님께서 말씀으로 우리에게 깨우쳐 주신 것이다.

"하늘과 땅[天地]은 음양陰陽으로 창조했고, 우주 변화變化, 조화造化는 오행五行으로 운행하셨다. 우리가 흔히 말하는 목木, 화火, 토土, 금金, 수水가 바로 그것이다. 그런 연후에 영원무궁토록 순환하게 만든 것이다. 그 사이에 인간이 숨 쉬며 살아가게 했다. 그래서 천지 중간 사이에 존재한다고 해서 인간人間이라고 하는 것이다."

이 도리를 하늘 님께서 말씀으로 남기신 것이다.

이런 원리로 하늘 님께서 하늘과 땅을 주관하신 연후에 삼라만상 온갖 만물萬物을 창조하셨다. 남녀, 부부, 부자, 가족, 군신, 사회, 국가, 상하 등 천하의 예식禮式을 이루신 것이다.

세상 이치가 다 그러하듯이 '분열이 오래되면 반드시 통합이 이루어지며[分久則必合] 또한 통일이 오래 되면 반드시 분열이 이루어진다[合久則必分]'고 했다.

역사가 흥망성쇠하고 선악 투쟁하는 과정도 분합반복分合反復하며 순환
불식循環不息하는 천리대도天理大道의 근원을 벗어날 수가 없다. 예외 없
는 규칙이 없다고 하지만 우주의 시원동기는 모두 거기에서 출발하고 있다.
이 사실을 본 저자는 오랜 사색과 기도, 동서양의 철학서적에서 스스로 깨
우치고 확철대오廓哲大悟하게 되었다.

이런 엄연한 사실을 규명하기 위해서 자연을 벗 삼으며 경향각지京鄕各地
에 대오각성한 분이 있다하면 천리 길도 불사하고 고군분투孤軍奮鬪하였
다. 그러다가 만족할 수 있는 해답을 얻지 못할 때 방황과 고뇌 속에서 며칠
밤낮을 지새웠다. 혹시나 이번에는 책 속에서 찾을 수 있을까하는 기대 속
에서 동서양의 역사와 철학 등 수많은 서적을 섭렵하면서 일로매진一路邁
進해 왔다.

그러는 사이 어언 70대 초입에 들어서서야 겨우 물매가 조금 잡히고 세상
이치의 물꼬가 터지는 것 같다. 실로 깨달음을 향한 긴 인생 여로의 행로였
다.

본인은 초년 운이 따랐는지 『사서삼경四書三經』을 숭상하는 가정환경
속에서 일찍이 한문학을 수학修學하였다. 그리고 청년기를 맞아 기독교에
귀의歸依하면서 『신학神學』을 전공한 신학도 출신이다.

그런데 『신학』을 깊이 탐구探究하면서 하나님의 우주창조와 우주운행

의 섭리역사에 의지한 적도 있었다. 하지만 해답의 근원을 찾지 못하고 회의懷疑의 나락奈落에 빠져 허둥대기만 했다. 또다시 해답을 찾기 위해 고승대덕, 당대의 석학들을 만나보면서 동분서주하였다. 하지만 별 성과가 없었다.

『경문』에 '두드리면 열린다고 했듯이' 그때 나와 동양사상과의 인연은 뜻밖의 행운이었다. 그 당시 학문에서 길 찾는 것을 포기하고 싶을 정도로 막다른 상황까지 당도하고 있었다. 나에게 길을 가르쳐 준다고 발 벗고 나선 분들 또한 마음만 분주하게 부추길 뿐 해결책을 알려 주지 못했다.

은산철벽銀山鐵壁 같고 칠흑 같은 어둠 속에서도 칠통漆桶을 깨는 회광반조廻光返照의 도리는 없을까!

이때를 맞아 나에게 꽉 막힌 길을 뚫어주시고 인생의 획기적인 터닝 포인트를 안겨주신 일생의 은인이 한분 나타 나셨다. 그분에게 문학聞學하면서 많은 깨달음을 얻게 되었으니 그분이 바로 호운壺雲 김재환金在煥 선생이시다. 삼가 머리를 받쳐 조아린다.

정말 멀고도 긴 여로를 돌아 돌아서 왔다. 그 많은 것 중에서도 『주역周易』에서 하나님의 음양陰陽 창조원리創造原理와 우주宇宙 운행원리運行原理 그리고 영원무궁하는 순환循環 반복원리反復原理를 감통感通하였다. 비록 한 줄밖에 되지 않는 도리를 체득하는 데 어언 37년의 수학과정修

學課程에 이르고 보니 진리는 먼 곳에 있지 않았다. 바로 내가 매일 손에서 다루고 있던 또 평소에 가지고 놀던 것에 지나지 않았다.

특히 동양사상의 핵두核頭로 칭송받는 『주역周易』 탐구에 전력 경주한 것이 헛됨이 아니었다. 공자가 위편삼절韋編三絶이라고 책을 맨 가죽 끈이 세 번 끊어질 만큼 즐겨 읽었다고도 하며, 동양에서 가장 오래 되고 가장 난해한 경전이라고 불리는 『주역』. 명불허전名不虛傳이 이런 경우를 두고 하는 말일 게다.

본인도 그러다 보니 하나님과의 대화방법이 상象으로 나타내시는 것을 수리로서 통달할 수 있는 현상수지통顯象數知通임을 득각하였다. 그리고 성리통관性理通觀, 진리탐구眞理探求, 도리지각道理知覺의 삼리일문三理一門의 이치를 깨닫게 된 것이다.

한반도의 분단과 통일에 관한 방안을 정립하게 된 배경에도 이러한 수학과정의 연장선상에서 가능했다. 감회가 서리는 이 점을 술회述懷하면서 머리글에 첨착添錯하는 바이다.

역삼驛三 우거寓居에서

무술戊戌 원단元旦에

웅산 최 주 완

두 손 모음

목 차

부록

11. 핵전자核傳子

12. 중전도中佺道

13. 천지부모신묘가경天地父母神妙家經

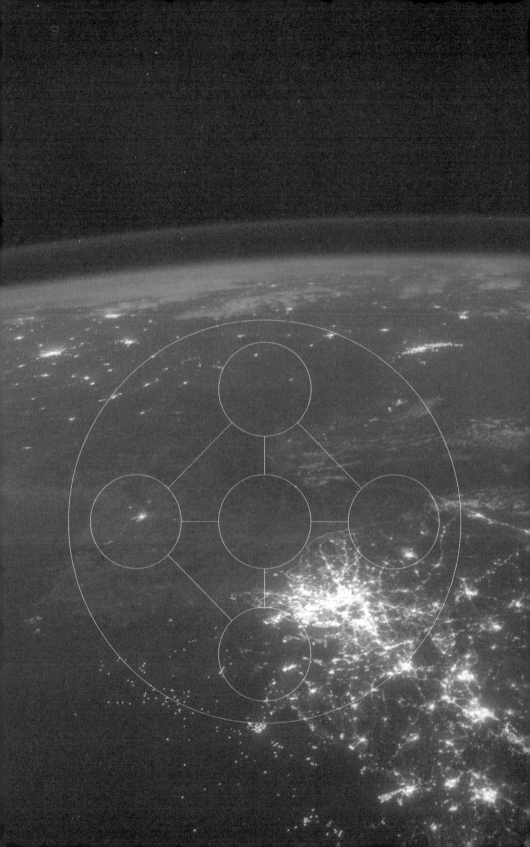

1. 국가國家라는 어원에 대한 관심

　국가라는 명사의 사전적인 의미는 '일정한 영토에서 주권에 의하여 통치되는 인민의 집단' 이라고 정의하고 있다. 따라서 국가는 3대三大 요소要素를 전제하고 있는데 첫째는 영토, 둘째는 백성인 국민, 셋째는 주권이 그것이다.

　그런데 본 저자의 비상한 관심은 국가라는 명사가 어찌하여 나라 국國 자와 집 가家 자의 합성어로 형성되었는가?

　이 가운데 잠재된 깊은 함의含意가 없을까?

　그래서 여기에 초점을 맞추고 이를 탐구하고 몰두하기에 이르게 된 것이다.

　'지성이면 감천'이라 하였던가?

　본 저자는 37년 동안 성리통관 진리탐구와 도리지각을 위해 전심경주해 왔다. 그러던 중 『주역』의 37경 「풍화가인風火家人」 괘상 속에서 가정을 다스리는 치가지도治家之道가 곧 나라를 다스리는 치국지도治國之道이다는 것에 착안하였다. 여기서 더 나아가 치국지도는 온 세상을 평화롭게 다스릴 수 있는 치천하지도治天下之道임을 깨닫게 되었다. 나라의 분열分裂과 통합, 나아가 영토의 분단과 통일의 원인도 가정을 다스리는 치가지도의 연장선상에서 관찰해야 한다는 사실을 통절痛切히 지각知覺하게 된 것이다.

이러한 차원을 더 확장해서 우리 모두의 염원인 한반도 통일을 생각해 보았다. 왜 통일은 우리의 주위에서 맴돌기만 하고 우리와 관계가 없는 먼 세상의 이야기인가? 그 통일의 실마리를 풀어보기 위해 많은 경우의 수를 대비해 보기도 하고 근묘실화根苗實花, 궁성이론宮星理論으로 살펴보기도 했다. 이런 과정에서 착안한 것이 모든 일에는 원인과 결과가 있는 법. 우리의 간절한 소망과 방안을 통일 이전의 분단 원인에서부터 찾아보기로 결심하게 되었다. 통일에도 원인이 있으면 결과가 있듯이 통일을 하려면 먼저 분단의 원인부터 찾아야 할 것이다. 이것을 바르게 알아야 통일할 수 있는 올바른 방법을 도출할 수 있지 않겠는가?

이런 가장 평범한 질문에서 출발해 보았다.

그 질문에 답해 보려면 조금 엉뚱할지 모르겠으나 먼저 국가國家의 어원의 규명부터 시작해야 한다. 국가라는 어원은 나라 국國, 집 가家자의 합성어로 형성되어 있다. 이 합성어에서 유추할 수 있는 내용은 가정과 국가는 그 다스림이 같다는 것이다. 즉 치가지도治家之道가 동시에 치국지도治國之

道이며 나아가 치천하지도治天下之道의 일원일치一源一致원리에서 찾아지게 되는 것이다. 그렇게 되면 가정과 국가가 둘이 아니라 하나인 가국일문家國一門의 천하일치와 치도일원治道一源이 되고 자연스럽게 국가의 어원도 손쉽게 깨닫게 되는 것이다.

 단순한 논리의 전개 같지만 이 속에 국가 경영의 오묘한 진리가 내재되어 있고 이 속에서 길을 구해야 한다. 진리는 먼 곳에 있는 것이 아니라 바로 내가 서 있는 차안遮安에서 찾아야 한다는 평범한 이론이 성립하는 것이다. 그래서 뒷부분에서 행복한 가정의 ┣란 어떤 것인가를 심도 있게 다룰 예정이다. 그것이 바로 국가 경영의 정도正道요, 천하를 다스리는 묘책이기 때문이다.

 옛 성현들도 평상심平常心이 도道라고 하지 않던가!!

2. 우리의 소원은 통일

우리의 소원
(통일의 노래)

우리의 소원은 통일 꿈에도 소원은 통일

이 정성 다해서 통일 통일을 이루자.

이 겨레 살리는 통일 이 나라 찾는데 통일

통일이여 어서 오라 통일이여 오라.

1947년 서울중앙방송국 <어린이 시간> 발표

작사 안석주(安碩柱)

작곡 안병원(安丙元)

한반도에 거주하고 있는 우리 한민족은 '우리의 소원은 통일, 꿈에도 소원
은 통일'이라고 70여 년이 넘게 외치고 있다. 우리가 목 놓아 「통일의 노

래」를 열창하는 것은 그만큼 통일이 간절하기 때문이다. 통일이 무엇보다도 우선적으로 간절한 것은 한반도의 모든 문제는 통일에서부터 시작하고 우리의 문제는 이것을 풀어야 모든 문제가 해결된다. 그래서 우리는 통일을 무엇보다도 우선적으로 염원하고 있다.

하지만 그렇게도 중요한 것이라도 해도 너무 오랫동안 세상에 회자되는 테제이다 보니 통일에 대한 피로증후감에 빠질 우려가 있다. 이 부분은 가장 경계해야 할 문제이지만 이 부분은 많은 토론과 관심을 통해 더욱더 발전시켜 나가야 하는 우리 민족적 최대의 과제이다.

남북한은 외세에 의해 타의적으로 분단이 되었다. 이로 말미암아 1950년 6월 25일 새벽, 북한의 갑작스런 남침으로 동족상잔의 피비린내 나는 전쟁으로 수백만 고귀한 생명이 희생되었다. 또한 그로 말미암아 남북한 이산가족의 피맺힌 절규絶叫가 아직도 이 강산에 메아리치고 있지 않는가?

누구를 원망하고 누구를 탓할까!
'네게서 나온 것은 네게로 돌아온다고 하지 않던가!

이런 가운데도 남북한 관계는 해결될 기미는 보이지 않고 오히려 미국과 북한의 핵전쟁이 고조되는 상황이다. 그런 속에서 오늘날 한반도의 정세는 언제 어디서 또 다른 희생양을 요구하는지 모르는 예측불허의 불안하고 극악한 상황이 지속되고 있다. 이런 급박한 실정 속에서 우리 국민은 전전긍

긍하면서 그저 이를 담담하게 주시注視해 보고 있을 뿐이다.

우리의 한반도는 지구성地球星 극동에 위치한 천손민족국가天孫民族國家로서 지구상에서 유일하게 개천절開天節을 숭상하고 있는 나라이다. 더군다나 반만년의 유구悠久한 역사와 빛나는 전통문화傳統文化를 간직하고 있다. 그런 와중에 한반도는 980여 회의 외침으로 도륙屠戮당하면서도 만신창이滿身瘡痍를 감내堪耐해온 불굴不屈의 수난사로 점철點綴되어 있다.

이 나라는 온갖 시련과 고난의 질곡桎梏 속에서도 벼락 맞은 대추나무인 벽조목霹棗木 같은 강인함과 굳건한 생명력을 지탱支撐하고 계승발전하여 왔던 것이다. 그 결과 만난萬難의 악조건을 딛고 일어나서 이제는 명실상부 세계 10위권의 경제강국으로 발전하였다. 여기에 머물지 않고 더 나아가 스포츠 강대국 반열에 진입하여 하계올림픽, 월드컵축구, 동계올림픽의 개최국이 된 것이다.

일본의 침략적 만행으로 말미암아 36년간의 피맺힌 희생의 식민지 통치를 경험하면서도 독립투쟁으로 광복의 꿈을 키워왔던 것이다. 그 후 제2차 세계대전 말기, 외세에 힘입어 광복光復을 맞이하였으나 그도 잠시 이번에는 또 다시 주변 강대국들에 의해서 타력적 분단시대가 도래하게 되었다.

우리는 남북한 분단을 타의적으로 강요받게 되어 드디어 1948년 남북한으로 분단된 후 서로 대치對峙하고 격돌해 오고 있다. 그러면서 어언 70여 년 세월을 맞이하고 있지만 지금까지 극한 상황을 극복하지 못하고 있는 실정이다.

이제 한반도는 더 이상 지체할 수 없는 통일의 명운을 맞이하게 되었다. 문제는 어떠한 방법으로 통일하여 고난의 역사를 청산하고 국운융성의 결정적 계기를 가져올 것인가?

이것이 우리 스스로 풀어야 할 집중과 선택과제로 주어진 절체절명의 기로에 서 있게 된 것이다.

인류 문화의 생존 발자취를 관찰해 보면 처음 강변 문화인 하천문명권으로부터 시작한다. 그 이후 대륙과 해변을 잇는 반도문화인 그리스 반도, 이태리 반도의 지중해 시대를 경유한다. 그리고 스페인, 포르투갈의 이베리아 반도를 거쳐 섬 문화인 영국 도서島嶼의 대서양시대의 문명권을 이룬다. 그 이후 아메리카 신대륙을 넘어 현재는 명실상부한 태평양시대의 문명권을 이루면서 운행하고 있다.

이 가운데 지구의 생명이 가을 녘 쯤에 접어들었다. 이 때 극동의 최전방에 위치한 우리 한반도가 태평성대 의기양양 동방의 등불로 온 우주를 밝힐 것이다.

그래서 이 시대 우리의 책임과 사명이 다시금 부각되는 것이다. 이 중차대한 기회를 강 건너 불구경하듯 그냥 바라보기만 하고 넘겨버리면 안 된다. 명심하고 또 명심해야 한다. 그렇게 되면 한반도의 운명은 또 몇 세대를 윤회의 굴레에 빠져 지옥을 헤매게 된다. 이제 21세기 정신세계의 화두이자 이자유전 履者遺傳(혹자는 후성학적 유전이라고 함. 이것은 저자의 판단에 의하면 단견이라고 사료됨)의 미학을 꿰뚫어 봐야 한다.

다가오는 우리의 후세들에게 영광되고 희망찬 미래를 넘겨줄 것인가? 척박하고 황폐한 미래를 넘겨줄 것인가?

진정성을 가지고 고민할 때이다.

3. 한반도의 지정학적 구조와 운명

1) 원방각圓方角 사상思想으로 본 한반도의 미래 전망

(1) 원방각 사상

원방각 사상은 환검국조桓儉國朝께서 정립하셨는데, 그는 환인천황桓因天皇의 역할을 대신하시기 위해 성수聖壽11세에 선황임검仙皇壬儉으로 등극登極)하셨다. 그 연후 성수聖壽 21세에 환웅천황桓雄天皇 역할자로 박달임검朴達壬儉으로 즉위하셨다. 임검으로 등극한 후 먼저 국사國師이신 자부선사紫府仙師와 함께 하늘[上天]에 국가의 제사[祭享]를 올리셨다. 그리고 문서창제文書創製를 위하여 천지인天地人을 시작으로[資始] 하여 위로는 우주 천체의 천문天文(하늘의 글)에 통달[上通天文] 하시고 아래로는 땅의 이치에도 통달하셨다[下達地理]. 이렇게 천문 지리를 상달 하달하신 연후에 하늘과 땅 사이에 사는 인간의 일을 잘 살피시었다[中察人事]. 이로써 천지인에 사통팔달하시고 일원 사방 삼각一圓 四方 三角인 천지인 원방각

圓方角 사상思想]을 정립하시었다.

그 후 나는 새[飛禽], 뛰어다니는 짐승[走獸]을 즐거 감상[玩賞]하시고 새와 짐승의 무늬를 보고[觀鳥獸之文] 드디어 『양경사문兩經四文』인 「태양경太陽經」과 「태음경太陰經)」을 창제하셨다. 그리하여 「태양경」 아래 표음문表音文[一圓文] 소리글[한글]과 통치문統治文인 「구궁책九宮策」 양문兩文을 창제하셨다.

또 「태음경」 아래 표의문表意文[心田文] 뜻글[韓文]과 복기장서伏氣藏書인 역리괘상易理卦象의 양문을 창제하셨다. 그 후 드디어 성수 60세에 단군조선인 문서국사文書國史를 창업하시고 건국이념을 경천애인敬天愛人 제세이화濟世理化 홍익인간弘益人間으로 선포宣布하신 것이다.

따라서 단군의 천지인 원방각 사상이야말로 지구성 극동에 위치한 한반도의 시원역사始元歷史와 전통문화傳統文化가 맥맥하게 약동하게 하였다. 그리하여 세계 어느 나라에서도 찾아볼 수 없는 지구 중심사상의 얼이 담겨 있는 사상임을 만천하에 천명闡明한 것이다.

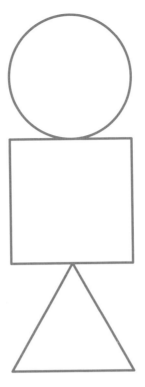

(2) 제1도第一圖 원방각圓方角 공간화획도책空間畫畫圖策

우주를 창조하신 창조주도 우주창조의 설계도면도를 그림으로 그리고 여기서부터 대역사를 시도하신 것이다. 때문에 그림 화[畫·畵] 자는 동시에 글씨 획[劃·畫] 자로서 서로 동의어로 사용한다. 이것은 그림부터 그린 다음 그 그림에다 글씨로 이치를 설명한데서 연유緣由하는 것이다.

단군성조檀君聖朝도 하늘 천[○]을 일원一圓적 공간으로 그리신 다음 땅 지[□]를 사방四方적 공간으로 그리시고 사람 인[△]을 삼각三角적 형상으로 그리셨다. 그리고 천지인을 원방각으로 화획[畫畫·畵劃]하신 다음 여기에 이치를 부여함으로서 천지인 원방각 사상이 정립된 것이다.

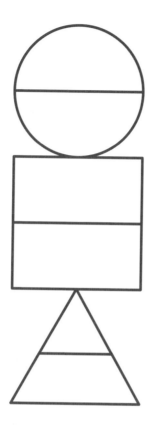

(3) 제2도第二圖 원방각圓方角 횡선화획도책橫線畫畫圖策

  천지인 원방각은 공간상에서 좌동左東으로부터 우서右西로 횡선橫線이 그어진 것을 의미한다. 이것은 드디어 동東에서 서西로, 좌左에서 우右로 시간과 방향이 작동作動하였다는 것을 말하는 것이다.

  다시 말하면 천지인 공간속에서 시간이 시행되면서 고금古今 왕래작용往來作用의 횡적활동과 방향이 시작하게 되었다는 의미를 나타내는 것을 말하는 것이다.

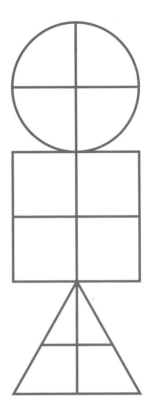

(4) 제3도第三圖 원방각圓方角 종선화획도책縱線畫畫圖策

　제3도가 의미하고 있는 종선화획도책縱線畫畫圖策은 원방각 공간상에서 제2도의 동서, 좌우 횡선작용과 시간활동이 시행되는 토대위에서 비로서 천지天地 상하上下와 남북南北방향方向의 종선작용縱線作用과 시간활동의 통로가 열렸다는 의미가 확인되는 것을 말하는 것이다.

　이것은 동서남북의 방향과 방국方局이 완성되고 춘하추동의 사시운행四

時運行의 토대가 정립됨으로서 인간의 삶의 지표와 목적이 확연確然하게 제시되는 것을 의미한다.

이것은 인간이 시간을 경륜經綸하면서 왕래반복往來反復의 확실한 근거가 확정된 것이며 동시에 사후세계의 행로까지도 분명해 진 것이다.

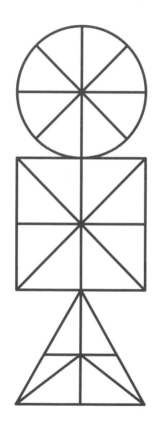

(5) 제4도第四圖 원방각圓方角 유선화획도책維線畫畫圖策

제4도의 유선화획도책維線畫畫圖策은 사대간방四大間方이며 사대유방

四大維方인 동북방, 동남방, 서남방, 서북방에서 천리중궁天理中宮의 사명을 계승하였다. 그리고 불편부당不偏不黨하게 조화적調和的 책임責任을 수행하면서 변화를 주도하며 순환반복의 운행을 도모한다는 것을 말한다.

이른바 동북간방東北間方의 12월 축토丑土 방향方向과 동남東南 간방間方의 3월 진토辰土 방향方向과 서남西南 간방間方의 6월 미토未土 방향方向과 서북西北 간방間方 9월 술토戌土 방향方向이 유위방維位方으로 유선維線이 그려짐으로써 변화와 발전과 순환법칙이 성립된 것이다.

여기에서 한 가지 유의할 사항은 천원天圓인 일원一圓과 지방地方인 사방四方은 중궁팔방中宮八方으로 그려졌으나 인각人角인 삼각三角은 6방六方인 목 자木 字방향인 점을 주목해야 할 것이다.

(6) 제5도第五圖 인각화획人角畵劃 목자도책木字圖策

인각人角의 삼각화획도책三角畵畵圖策은 내외적으로 두 가지 의미가 내포되어 있음을 주목해야 한다. 삼각화획도책은 내적으로는 상각점上角點은 하늘 천을 의미하고 외적으로는 환인천황을 의미하며 우각점右角點은 내적으로 땅 지를 의미하며 외적으로는 환웅천황桓雄天皇을 의미하는 것이다.

또한 좌각점左角點은 내적으로는 인간을 의미하면서 외적으로는 환검천황桓儉天皇인 단군성조檀君聖朝를 의미하기도 한다.

다시 말하면 상각점上角點은 하늘과 환인을 상징하며 우각점右角點은 땅과 환웅을 상징하게 되며 좌각점左角點은 사람과 환검단군을 상징하는 의미가 내포된 화획인 것이다.

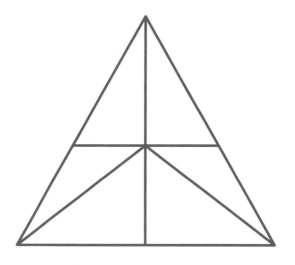

특히 삼각 속에 나무 목木 자字는 동방東方 목국木國이 지구성地球星의 시원지始元地이며 나무의 생장수장生長收藏의 과정과 인간의 생장수장과정이 인목동일人木同一의 이치가 함축된 것이다.

다시 말해 나무가 봄절기와 여름절기에 소생지기蘇生之氣와 성장지기成長之氣를 뿌리[根]에서 줄기[幹], 가지[枝], 이파리[葉], 꽃피고[花] 열매[實] 맺는 근간지엽화실根.幹.枝.葉.花.實의 6단계六段階 생장과정生長過程을 거친다. 인간 또한 부모로부터 생명을 계승하여 출생한 후 소생기의 소년시절과 성장기의 청년시절을 경유하여 생장하는 과정과 인목동일 과정임을 상징적으로 보여주고 있는 것이다.

 나아가 가을절기와 겨울절기에는 반대로 낙화하고 낙엽지며 낙과하고 낙공한 후 부식하여 다시 부생하는 과정을 거친다. 이른바 낙화.낙엽.낙과.낙공.부식.부생落花.落葉.落果.落空.腐蝕.復生의 6단계 수장과정收藏過程이 있다. 인간 또한 장년기 노년기를 경유하여 사망한 후 다시 태어나는 과정이 나무와 일치하기 때문에 삼각三角속에 나무 목 자가 있는 것이다.

 뿐만 아니라 환인선천국조桓因先天國朝와 환웅중천국조桓雄中天國朝 환검후천국조桓儉後天國朝가 나무 목 자와 환亘 굳셀 환, 뻗을 긍, 펼 선를 넣어서 환 자桓 字로 명명한 것도 여기에서 유래되었음을 깨달아야 할 것이다.

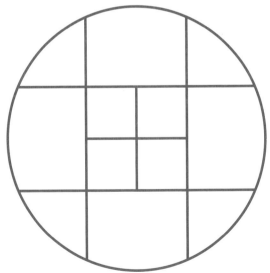

(7) 제6도第六圖 원정전圓井田 중궁도책 中宮圖策

　호운壺雲 김재환金在煥선생의 『단군총사[自然哲學史』의「문서창제사」를 관조해보면 그 도출근거를 정전법井田法에 의거해서 성립된 배경을 구체적으로 열거하고 있다.

　이를 간단하게 요약해보면「태양경」의 표의문[表音文,一圓文] 천원天○에서 소리글의 모음母音인 아.야.어.여.오.요.우.유.으.이.와 지이地二에서 자음子音인 ㄱ.ㄴ.ㄷ.ㄹ.ㅁ.ㅂ.ㅅ.ㅇ.ㅈ.ㅊ.ㅋ.ㅌ.ㅍ.ㅎ. 인각人角에서 오음五音인 아.설.순.치.후牙.舌.脣.齒.喉의 음문音文이 창제 되었다고 한다. 이를 바탕으로 후세에 오음으로 분류 하였다는 것이다. 다시 말해 목음木音 ㄱ ㅋ, 화음火音 ㄴ ㄷ ㅌ, 토음土音 ㅁ ㅂ ㅍ, 금음金音 ㅅ ㅈ ㅊ 수음水音 ㅇ ㅎ ㄹ이 이것이다.

가 나 다 라 마 바 사 아 자 차 카 타 파 하
기 니 디 리 미 비 시 이 지 치 키 티 피 히
구 누 두 루 무 부 수 우 주 추 쿠 투 푸 후
게 네 데 레 메 베 세 에 제 체 케 테 페 헤
고 노 도 로 모 보 소 오 조 초 코 토 포 호

또한「태음경」의 표의문[表意文,心田文]인 뜻글[韓文] 역시 왈전일월왕曰田日月王 등의 상형문자象形文字도 정전법井田法에서 도출되었다는 것이다.

2) 원방각 사상의 의미와 가치

(1) 원방각 사상은 천지인 사상 이다

우주라는 의미를 꼼꼼히 따져보면 우왈우왈宇曰 천지사방야天地四方也요, 주왈宙曰 고금왕래야古今往來也 라 하였다. 이 말은 우주의 집 우宇는 하늘, 땅과 동서남북 춘하추동을 포괄하는 공간적 실체임을 의미하고 있다. 또한 집 주宙는 먼 옛날로부터 지금 현재까지 순환하며 왕래하는 시간적 실체를 주宙라고 하였다.

이런 관점에서 우주란 곧 공간과 시간을 의미하고 있음을 알 수 있는 것이다. 서양인들이 인식하고 사용하고 있는 코스모스Cosmos라는 우주관은 모호하고 막연하기 그지없는 우주관이라 할 수 있다. 하지만 동양의 우주관은 공간구조 속에 시간과 시간구조 속에 공간이 끊임없이 작용하고 있는 우주 개념이 동양의 우주관인 것이다.

그런데 우리나라 상고사에서 역설하고 있는 천지인의 원방각 사상은 동서남북 춘하추동을 포괄하며 사방팔방으로 사통팔달하는 사상이다. 이 원방각 사상에서 『양경사문兩經四文)』「문서국사文書國史」가 출범하였던 것이다. 그래서 시간과 공간을 의미하는 우주를 해석하는 것은 우리 인류에게는 정말 난해한 과제이다. 이를 정확히 간파할 수 있는 방법론이 10천간

天干 12지지地支로서 목화토금수 오행이다.

『단군총사檀君總史』에서 우리나라는 "지상인류의 시원국始元國이며 인류문화의 창업성국創業聖國이며 인류역사의 전통국가傳統國家이다."고 역설하고 있다.

진취적인 대륙의 우리 한민족은 그렇지 않았지만 한반도에 사는 우리 민족은 고난과 수난의 연속이었다. 다시 말해 이러한 위대한 문화유산을 물려받고 간직하고 있으면서도 주변강대국들의 희생양이 되어 980여 회의 외침을 감수하면서 수난사로 점철點綴하였던 것이다.

한반도 우리나라 반만년의 고난사는 흥진비래興盡悲來의 역사가 아니라 고진감래苦盡甘來하는 역사이다. 그런 의미에서 오랫동안 미래 후손들을 위해 고군분투 어려움을 감내하는 인내를 보이었다. 그러한 공덕으로 잃어버렸던 만주벌판을 위시한 동북삼성 우리의 고토를 반드시 회복할 것이다. 아울러 한반도의 미래역사는 양양하고 신선한 희망찬 역사로 비약할 것이 분명하다고 확신하는 것이다.

(2) 한반도가 해결해야 할 시대적 사명

한반도 우리민족은 일본제국주의 침략으로 36년간의 참담慘憺한 수난과 고난의 세월을 거쳤다. 그러면서 경황이 없어 자주독립의 역량을 키우지 못해 타의他意에 의하여 광복을 맞이하였다. 그럼으로 인하여 또 다시 강대국들의 신탁통치信託統治를 감수하면서 결국 강대국들의 시도대로 남북분단의 쓰라린 고통을 수용해야만 했었다.

 그 결과 북한의 6·25남침으로 말미암아 동족상잔同族相殘의 피비린내 나는 고귀한 생명의 희생을 지불해야만 했다. 구사일생으로 9·15 인천상륙작전으로 말미암아 북진통일이 눈앞에 당도하는 듯 했다. 이것이 반도에 사는 우리 한민족의 운명인지 진퇴양난을 겪었다. 그러더니 이번에는 중공군의 인해전술로 인하여 진퇴를 거듭하기를 몇 차례. 마침내 휴전협정이 체결되면서 휴전상황이 오늘날까지 지속되고 있는 것이다. 그간 남북관계는 반목과 갈등, 대립과 투쟁으로 연면連綿해 왔다. 이제 한반도는 1948년 분단정부 수립이후 어언 만70년을 맞이하고 있는 것이다.

 '7수七數는 하늘 수'라 했다 그 이유는 천지인이 종적인 3수이며 이를 횡적인 동서남북 춘하추동 4수로 운행하니 3+4=7수가 하늘수가 되는 것이다.

 구 러시아의 사회주의 연방이 70년 만에 붕괴되어 소련이 새롭게 출발되었듯이 남북한 분단도 70년을 맞이하여 반드시 변화必變하도록 되어 있는 것이다. 이제 한반도의 남북한 백성들은 구태의연舊態依然한 고정관념에서 탈피하여 새로운 시대정신이 요구하는 미래 지향적인 신선한 의식구조 개혁이 요구되는 것이다. 이때를 놓쳐서는 안 된다. 하늘이 쥐어준 불후의 기회를 소홀히 하면 앞으로 걷잡을 수 없는 불행에 휩싸이게 된다.

조상들이 초석을 다진 원방각 사상을 밑바탕 삼아 『천부경』에서도 언급한 하늘의 수 칠七 수의 수리학을 오늘날에 되새기자. 그리하여 "우리나라는 지상인류의 시원국始元國이며 인류문화의 창업성국創業聖國이며 인류역사의 전통국가傳統國家이다."는 조상들에게서 면면히 내려오는 고담준론을 오늘날에 되새기자.

4. 한반도 분단원인과 치가지도治家之道

이제 한반도의 남북통일은 민족적 숙원사업으로 자리매김하고 있다. 그런데 통일을 열망하는 남북한의 국민 또는 인민들은 통일의 소망을 성취하기 이전에 먼저 알아야 할 것이 있다. 이 대목은 모두 등한시하는 경향이 많은데 그렇게 해서는 안 된다. 꼭 새겨 보아야 한다.

우리 모두는 남북분단의 원인이 무엇 때문에 생긴 것인가를 바르게 알아야 한다. 그렇게 해야 어렵게 얻게 될 통일의 소망성취를 오래 동안 유지하고 지킬 수 있다. 이를 망각해서는 안 된다. 만약에 분단의 원인을 잊게 된다면 어렵게 얻은 통일 한반도를 쉽게 상실할 수 있다. 이러한 우려 속에서 근대사의 과정에서 분단요인을 성찰하고 탐색하고자 하는 것이다.

1) 고종황제와 명치천황의 비교

먼저 먼 역사는 차치且置하고 가장 가까이에서 우리와 자웅을 겨루는 이

▲ 고종황제, 명치천황, 명성황후 사진(좌로부터)

웃나라이면서 먼 나라 일본과 비교해 보자. 이 둘이 같으면서도 상이한 발전을 이루고 있다. 대륙의 반도에서 문명의 이득을 고스란히 혜택 받고 성장했지만 근·현대 이후에는 우리를 능가하는 양상을 보이고 있다.

그 이유가 무엇일까? 그 원인을 분석하기 위해서는 먼저 대한제국大韓帝國의 제26대 고종황제高宗皇帝와 일본제국日本帝國의 명치천황明治天皇의 스타일을 대비해 보아야 한다. 그러기 위해서는 먼저 두 지도자의 통치제도와 국제 정세관, 그리고 임금주변의 보좌인물들을 비교하고 검토해 보아야 명확히 보인다. 그 이유는 여기서 국토침탈國土侵奪의 원인과 남북분단의 근원이 숨어있기 때문이다. 그래서 이를 조명해보고자 하는 의도이다.

조선 제26대 고종임금은 1852년 9월 8일 출생하여 1863년 12월 만11세의 어린 나이로 임금으로 등극한다. 그리하여 아버지인 이하응 대원군의 대리

통치에 의존해서 이른바 쇄국정책鎖國政策을 추진하게 된다.

한편 일본의 명치천황도 1852년 11월 3일 출생하여 1867년 1월7일 15세의 어린나이에 명치천황으로 등극한다. 그런 연후에 바로 1년 지나 유신정책을 추진하고 국제정세를 통찰하고 이른바 개방정책을 추진하게 된다.

2) 40년 후의 조·일양국의 명운비교

출생년월일로 비교해보면 조·일 양국의 지도자가 다같이 1852년 임자생壬子生으로 오히려 고종황제보다 명치천황은 1개월 24일 늦게 태어났다. 고종은 11세에 대한제국의 임금으로 등극하였으며 일본의 명치천황은 15세에 일본천황으로 등극했다. 둘이 같은 연배에 비슷한 시기에 등극했다. 하지만 40여 년 지난 연후에는 조선은 일본의 피 지배국가로 전락하였고 일본은 반대로 조선의 지배국가로 부상하게 된 것이다.

3) 치가지도와 치국지도의 일치

그러면 무슨 원인 때문에 조·일양국朝·日兩國이 침략국과 피 침략국의 역학관계를 가져오게 되었는가? 그리고 그렇게 된 근본원인이 무엇일까?

이를 놓고 오랫동안 통찰하고 연구하는 과정에서 앞에서 언급하였던 치국지도의 평범한 그 논제가 다시금 떠오른다. 이 문제의 발단은 가정을 다스리는 치가지도治家之道가 나라를 다스리는 치국지도治國之道이고 동시에 천하를 다스리는 치천하지도治天下之道라는 사실을 깊이 깨닫게 된 것이다. 이 논리는 단순한 것 같지만 아주 중요한 대목이고 많은 지도자들이 이를 놓치고 있는 것이다.

이 부분을 다시 저자가 정리해보면 모름지기 국가 지도자는 첫째 가정과 국가의 통치도리가 일문一門이요, 일치一致라는 것을 마음 깊숙이 새겨야 한다. 즉 모든 지도자들은 '가국일문家國一門'이요, '치도일원治道一源'이라는 원리를 필히 지각知覺해야 한다는 것이다.

둘째, 국가통치자들은 국제정세를 구조적으로 관조觀照하고 즉자적이고 대자적으로 대응對應하는 안목을 결여해서는 안 된다. 더 쉽게 풀이하면 우물 안에 있는 개구리 같이 국제정세에 관한 무지無知와 무능無能이 망국亡國의 결과를 초래한다는 것을 한시라도 잊어서는 안 된다. 이러한 명백한 사실을 명심하고 명심해야 한다.

셋째, 국가지도자를 보좌하는 주변 인물들도 경륜과 출중한 식견 여부에 따라서 국가의 명운이 좌우로 판가름 난다는 역사적 교훈을 되새겨야 한다는 것이다.

15세에 등극한 일본의 명치천황이 무슨 경륜과 식견이 있어서 16세 때 명치유신정책을 수립하고 개방정책을 추진하였을까?

이 단순한 논제에 비상한 관심을 가지고 연구하는 과정에서 1825년생 이와꾸라도모미[岩倉具視-1825년 乙酉生]를 필두로 1841년생 이또오히로부미[伊藤博文-1841년 辛丑生]에 이르기까지 소위 10여 명의 기라성綺羅星같은 인물들의 역할과 활약이 도드라지게 나타나는 것을 발견했다. 이들이 이 명치천황을 보좌해서 국가융성기반을 조성하면서 국력을 신장하였다는 사실이다.

반면에 우리나라의 국가지도자들은 고답적高踏的인 구습과 편견에 사로잡혀 고정관념固定觀念을 탈피하지 못하고 쇄국정책을 만능萬能으로 주장하였던 것이다. 여기에 나라를 책임지고 있는 황제의 가정은 온갖 갈등과 대립으로 불화하고 충돌하고 있었다. 치가지도의 중요성이 얼마나 중요한가 하는 것이 강조되는 대목이다. 그럴 때 설상가상雪上加霜으로 동학란의 내전이 발발하자 이를 수습한다는 대책으로 외세를 끌어들였던 것이 오히려 국난을 자초하였던 것이다.

이러한 과정에서 호시탐탐虎視耽耽 조선수탈을 엿보고 있던 청·일양국과 러시아는 우리의 영토 내에서 서로 주도권 싸움을 벌였던 것이다. 이것이 청일전쟁이며 러일전쟁이다. 여기서 승리한 일본은 1905년 7월 29일 일본의 내각 총리대신 가쓰라와 미국 육군 장관 윌리엄 하워드 간에 밀약密約을 서명도 없이 체결하였다. 그리고 1924년까지 비밀에 붙여 두었다.

 그리고 두 나라는 포츠머스 조약이 체결하기 전에 이미 필리핀에 대한 미국의 지배권과 일본의 대한제국 지배권을 상호 승인하였다. 효력도 없는 그 밀약에 의해 조선 침략계획을 미국의 묵인 아래 국내외적으로 한 치의 어긋남 없이 착착 진행하고 있었던 것이다. 그것이 1905년 을사조약이요, 1910년 조선침략인 한일병탄韓日併呑인 것이다.

4) 고종황제 주변인물들의 시각

 조일병탄이 일어날 당시 고종황제 주변 우리의 지도자들은 어떤 안목을 가지고 황제를 인도하였는가?
 그 질문에 답하는 것은 당시 명치천황을 모신 일본의 지도자들과 너무 판이하게 달라 가슴을 치고 통탄할 따름이다. 당시 조선의 관리들을 한탄하기보다 이를 반면교사로 삼아 통일에 대한 앞날의 시금석으로 삼아야 한다는 다짐을 새기는 것으로 대신하는 것이 의미가 있는 일이 될 것이다.

 이 대목에서 우리가 등한시 했지만 꼭 짚고 넘어 가야 할 사건이 있었으니 그 사건이 바로 아관파천俄館播遷이다.

 일본 낭인들에 의해 저질러진 명성황후 시해사건 이후, 다음 차례는 고종

자신임을 두려워 해 고종황제가 친러파의 권유를 받아들인 사건이다. 그래서 신변 불안을 느낀 고종은 조선의 왕궁을 떠나 당시 외교관 거리인 중구 정동에 있는 러시아 공관으로 피신한 것이다. 그 기간이 무려 약 1년 간이나 되었다. 이 기간 중에 친일 내각 시절에 시도한 제도적 개혁을 일부 옛날과 같이 돌려놓기는 했다. 하지만 그 피해 또한 다른 곳으로 전이되어 막대한 국가와 민족을 불행의 도가니 속으로 몰아넣은 것이다.

이 아관파천이 결국 한일합방의 방아쇠가 되었지만 그보다 먼저 영국을 비롯한 서구열강의 빈축을 산 깃이다. 그 당시 서구열강은 러시아의 남하南下 정책을 저지하기 위해 조선에게 동맹의 손길을 내밀었던 것이다. 부동항이 없던 러시아는 남하정책만이 해양국가로 도약할 수 있는 절체절명의 기회였다. 그 반대로 서구열강은 식민지의 확대로 여기에 손을 쓸 여력이 없지만 어떻게 해서라도 러시아의 남하정책을 저지해 러시아의 동진정책과 확장을 막아야만 했다. 이때 서구열강이 조선에 제의한 절호의 기회를 놓친 것이다. 그 당시 서구 열강의 구도는 바닷길은 일본이, 대륙은 조선에게 책임지게 할 심산이었다. 하지만 조선은 이를 거부했다. 그 당시 새로운 시대의 주도권을 행사하는 서구 열강의 의도를 알아채지 못했던 것이다. 그리고 일본, 청국 등을 소홀히 관찰하고 러시아의 손을 들어 주었던 것이다. 이는 통치자의 주변에 있는 조선의 지도자들이 일본의 명치유신의 지도자들과 달리 국제관계의 외교와 역학관계에 무지해서 일어난 일이다. 바로 일찍 세계정세를 간파한 일본의 지도자들은 봉건사회의 농경사회질서를 개혁하고 현대의 산업사회의 공업화 사회를 준비하였던 것이다. 청나라 중심의 유교

체제를 탈피하고 새로운 사회의 세계질서인 국제법을 따랐던 것이다. 우리 민족의 불행은 여기에서 싹터 지금까지 고통에 신음하고 있는 것이다.

순간의 판단 실수가 한 세기 동안 엄청난 결과를 초래했다.
그 당시 상황을 반추해 볼 수 있는 사건의 기사가 있어 한 번 들추어 본다.

중국 근대시대 문학가이자 지식인인 량치차오[양계초梁啓超]. 그는 1900년대 조선 독립운동가와 절친했고 당시 지식인들과 빈번하게 교류했던 사람이다. 그가 지적한 조선인에 대한 평은 지금시대에도 참고할 만하여 인용해 본다.

"조선은 스스로 망한 것이다. 그 일차적인 책임은 황제에게 있다. 한국인은 남에게 의존하는 근성이 매우 강하며 주권의식이 빈약하다. 개인주의 성향이 강하고 이야기하기를 좋아하지만 진심에서 우러나오는 것이 적다. 화를 잘 내고 일 만들기를 좋아하며 모욕을 당하면 분노하지만 금방 식어버린다. 장래에 대한 관념이 박약하고 일단 배가 부르면 내일로 미루고 현실에 놓여진 살 길을 도모하지 않는다. 벼슬있는 자도 오늘 권세가 있으면 내일 나라가 망해도 아무 대책 없이 국가의 운명을 생각하지 않는다."

조금 부정적인 시각이지만 중국 지식인의 눈에 비친 우리의 민족성을 잘 지적한 한 토막인 것 같다. 지금도 이러한 근성으로는 조국의 평화통일은 요원하다. 다시 한 번 정신을 개조하고 이들의 지적을 반면교사로 삼아 강

철을 씹는 각오로 평화통일을 대비해야 하겠다.

 통일은 말로 이루어지는 것이 아니다. 통일은 준비하는 자만이 누릴 수 있는 신이 내리는 혜택이다. 먼저 어떻게 통일을 이룰 것인가에 대한 정확한 판단력과 변별력으로 무장해야 한다. 그리고 무력을 동반한 적화통일이냐, 자유민주를 위한 평화통일이냐는 옳고 그름을 판단하는 분별적 선택력이 명확해야 한다. 여기에 정보와 자료수집, 이를 분석하고 해석하는 분석력과 정확한 판단을 요구하는 평가력을 수반해야 한다.

 1945년 제2차 세계대전이 종결되면서 일본의 패전과 항복으로부터 미·소 양국은 신탁통치信託統治 정책을 수립하였다. 소위 얄타회담 조약에 의해 한반도의 38선 분할통치를 책정한 후 오늘날까지 휴전상황이 지속되고 있는 실정이다. 이 회담이 한국 분할점령을 언급한 최초의 회담이었다. 그 이후 6·25사변을 거쳐 지금까지 70여 년이 넘도록 분단의 설움에서 헤어나지 못하는 운명을 짊어지고 있는 슬픈 민족이 우리 대한민국이다.

 따라서 우리의 숙원이 대박을 가져올 수 있는 통일이 될 수 있다고 전제하더라도 다음 상황을 놓쳐서는 안 된다. 만약 또 다시 외세의존의 통일을 가져온다면 그 결과는 분단 상황과 대동소이大同小異하다는 명약관화明若觀火한 사실을. 이러한 역사적 교훈을 남북한 당국과 국민들은 명심해야 할 것이다.

5. 공화통일 방안의 정립배경

1) 한반도의 숙원사업

 남북한 7,000만 국민들은 물론 해외 거주하는 동포들까지도 한 결 같이 조국강산의 분단을 청산하고 통일을 염원하고 있다. 말이 이렇지 허리가 두 동강이가 난 상태에서 정상적인 활동을 한다는 것은 불편한 정도를 넘어 활동이 불가능한 상태이다. 이런 상태에서 삶을 살아간다고 가정해 보자. 이것은 모든 것이 마비이고 불통이다. 그리고 이에 따른 불편과 고통은 이루 말로 형용할 수가 없다.

 이 고통이 우리 민족의 운명이 아니라 충분히 극복할 수 있는 민족의 과제라면 이를 해결하는 것이 우리 민족 모든 것에 앞선 선결과제이다. 이를 하루 빨리 정상상태로 돌려놓지 않으면 우리 민족은 아무것도 할 수 없는 죽은 목숨이나 진배없다. 이 땅에 발을 딛고 생활하는 남북한 우리 민족은 한시도 이를 잊어서는 안 된다. 와신상담하고 와신상담하면서 깊이 새겨야 한다.

통일은 국민 개개인에게는 아무런 관계가 없다. 그래서 그런지 국민들의 마음에서 점점 멀어져 가는 것 같다. 하지만 민족의 통일은 국민 개개인들과 깊은 관계가 있고 우리들 마음 주위를 맴돌고 있다.

 하지만 이렇게 절실함에도 통일의 방법에 있어서는 남북 모두 서로 자기 이익만 앞세우지 좀처럼 자기주장의 간격을 좁히지 못하고 있다. 북한에서 추진하고 있는 연방제통일은 그 이면에 적화통일이라는 음흉한 음모가 숨어 있고 남한에서 주장하는 평화통일은 힘의 우위에 의한 흡수통일을 내면에 깔고 있다. 두 주장은 서로가 서로를 불신하는 풍토에서 평행선만 달리고 있을 뿐 그 해결점을 도출하고 다듬는 데는 모두 실패했다. 계속 여기에 머물러 시간만 낭비하고 서로 공염불의 명분만 내세우고 있을 것인가?

 이제 우리는 서로 솔직해야 한다. 서로가 서로의 숨겨진 수를 다 읽고 있다. 세계 역사상 두 이데올로기가 첨예하게 상충하는 가운데 합일점을 찾은 예는 무력통일 외에는 드물다. 또다시 피비린내 나는 민족상잔의 불행을 자초해야만 할까?

 그럼에도 불구하고 한반도의 통일은 우리민족 미래의 행복은 물론 세계평화를 위해서라도 모두에게 절체절명 숙원사업이 되었다. 문제는 우리들뿐 아니라 세계인의 숙원사업이 된 통일과업을 어떤 방법으로 해결할 것인가?

이런 중차대한 일을 놓고 이제부터 국내외적으로 모든 지혜를 총동원하고 발휘하여 그 방안을 찾아야 한다. 이제 남북한의 통일은 우리만의 일이 아니라 세계인의 관심거리다. 이런 관점에서 중지를 모은 방안을 확정하고 이를 실현하기 위하여 주변관계국들의 이해와 협력을 도출해 내야 한다. 그런 가운데 먼저 우리 스스로 총력을 기울여 묘안을 찾아야 할 것이다.

지금까지의 선입감과 기득권을 붉게 달궈진 용광로에 용해시켜 한 차원 더 높은 경지로 끌어올려야 한다는 것이다.

2) 세계적인 통일유형類型들

한반도의 남북한 국민들이 소위 숙원사업宿願事業이라고 소망하는 통일은 '분단의 결과이며 목표'이다. 지구상의 현대사現代史 속에서 분단국가가 통일을 이룩한 사례는 수없이 많았다. 우리도 뜻을 모으고 의지만 있다면 통일은 우리 가까이에 다가와 있다. 이를 준비하는 차원에서 가장 최근에 통일을 이룩한 나라들의 유형을 크게 대별해 보면 다음 경우로 나타난다.

① 승부통일勝負統一 유형이다

승부통일이란 문자 그대로 분단 당사국이 전쟁을 통하여 승부를 가려 승리한 세력이 주도권을 가지고 통일을 성취하는 것을 말한다. 승자勝者 독식

원칙이 지배하여 패배한 세력을 힘의 논리를 이용하여 강압적으로 굴복시켜서 승리자의 의도대로 끌어가는 통일 유형을 말한다.

다시 말하면 승부통일은 베트남식 통일유형으로 소위 북방수세北方水勢인 월맹越盟이 남방화세南方火勢인 월남越南을 수극화水剋火하여 이룩한 통일방식을 말하는 것이다.

② 흡수통일吸收統一 유형이다

흡수통일도 역시 분단 당사국 중에 강력한 세력국가가 유약한 세력국가를 흡수하여 이룩하는 통일방식을 말한다.

다시 말해 국가통치능력을 상실하고 국민들은 패배의식에 사로 잡혀 다시는 국론통일을 이룰 수 없다. 이런 상태에서 강한 당사국이 약한 당사국을 흡수하여 이룩한 통일 방식을 말한다.

흡수통일의 모델국가는 독일식 통일유형으로서 국력이 월등한 서독西獨이 국력이 유약한 동독東獨을 금극목金剋木하여 이룩한 통일유형을 말하는 것이다.

따라서 현대사에서 제기되고 있는 통일유형은 첫째 승부통일방식과 둘째 흡수통일방식 뿐이다.

3) 남북한의 통일정책 비교

① 북한의 통일방안 - 연방제 통일방안 - 적화통일 목표

북한의 통일방안은 표면적으로는 연방제 통일방안을 주창하고 있다. 수단이나 예맨이 연방제 통일방안을 추진한 바 있었으나 모두 실패하고 분단상황으로 회귀하였거나 승부통일방식으로 지향하고 있는 실정이다.

북한도 과도저으로 연방제 통일방안을 주창主唱하지만 궁극적으로는 적화통일방안이 목표이고 목적인 것이다. 미군철수 전략이나 남한 내 친북파 양성 및 확대를 통하여 친북 세력확대를 위한 대남 공작활동 등은 모두가 적화통일을 기도하기위한 전략의 일환책이라 판단하는 것이다.

② 남한의 통일방안 - 평화 통일방안 - 흡수통일 목표

남한의 표면적 통일방안은 평화 통일방안이다. 매우 호감적이며 설득력있는 통일정책이라고 자위하고 있다. 그러나 인류역사 이래 주의나 사상이 첨예하게 대립하는 두 집단이 평화적으로 통일된 사례는 전무한 것이다.
따라서 대한민국의 통일정책의 내면적 목표는 흡수통일을 목표로 한 목적인 것으로 판단되는 것이다.

4) 한반도 통일의 전제조건

 우선 천리대도天理大道의 섭리관攝理觀에서 통찰洞察해 본 한반도 통일
방안의 총론적인 관점은 첫째 한반도의 공생공영관共生共榮觀이요, 둘째
남북한의 공동번창관共同繁昌觀이며, 셋째 세계평화모범관世界平和模範
觀인 것이다.

 저자는 위에서 언급한대로 『주역』과 태극기문양과 역사적 교훈을 통찰
하는 가운데 한반도는 하나님의 천리대도의 섭리관속에서 조명하고 관찰하
게 된점을 천명闡明하기로 한 것이다.

5) 분단 70년의 교훈

① 한반도 분단사 조명

 현재는 과거의 결과체結果體이며 동시에 미래의 원인체原因體이다. 따라
서 현재의 결과체인 분단상황을 알기위해서는 현재의 원인체인 과거를 조
명하고 관찰하는데서 정확한 분단상황의 원인을 통찰洞察할 수 있다. 이 토
대위에 미래의 통일상황의 방안을 강구講究할 수 있을 것이다.

일본은 조선 말기부터 한반도 침탈전략을 꾸준히 진행해온 것이다. 이른바 청일전쟁의 승리, 영일동맹, 일러전쟁 승리 이후 을사조약 조일병합이란 명분하에 한반도를 36년 동안 침탈하면서 소위 식민지지배를 감행한 것이다.

드디어 1945년 제2차 세계대전이 종결되고 일본의 패전과 항복으로부터 미소 양국은 신탁통치信託統治 정책을 수립하였다. 이런 연유로 한반도의 38선 분할통치를 책정한 후 오늘날까지 휴전상황으로 지속되고 있는 실정이다.

② 한반도의 전쟁사 조명

1950년 6월 25일 새벽 4시경.

북한당국은 38선 경계지역에서 일제히 기습공격으로 남침을 단행하였다. 그리하여 6월 28일 단 3일 만에 남한의 심장부와 같은 수도인 서울을 점령하였다. 이후 북한군은 승승장구乘勝長驅하며 경상북도 낙동강전선과 경상남도 함안군까지 점령하기에 이르렀다.

이른 바 승부통일 일보직전까지 도달한 것이다.

가) 6·25 남침과 인천상륙작전

그런데 1950년 9월 15일 아침 6시를 기하여 맥아더 사령관의 주도하에 인천상륙작전을 감행하였다. 그 이후 9월 28일 수도 서울을 수복收復한 후 그 여세를 몰아 10월 19일 평양을 함락하였다. 10월 26일 압록강 초산군楚山郡까지 북진하였으며 심지어는 10월 말경에는 압록강 혜산진惠山津에서 두만강 유역까지 유엔군의 세력이 장악하게 되었다. 이른바 이승만 초대 대통령의 북진통일정책이 실현될 수 있는 일보직전까지 다다른 것이다.

나) 중공군의 개입과 1·4후퇴

그런데 1950년 10월 25일을 기하여 중공군의 한국전개입이 단행된다. 그로 말미암아 1950년 11월 2일 소위 장진호長津湖 전투가 발발하는 과정에서 미 해병대 3,637명과 중공군 2만 5천여 명이 희생되었다. 이를 계기로 인하여 11월 27일부터 12월 10일까지 흥남철수를 단행하게 된다.

드디어 북한군과 중공군의 연합세력은 또 다시 남침을 감행하여 1950년 12월 6일 평양을 재탈환하였다. 그 후 계속하여 남진하면서 1951년 1월 4일 남한의 수도 서울을 다시 재점령하였다. 그래서 소위 1·4후퇴라는 수모가 감행된 것이다.

다) 유엔군의 재 반격과 휴전협정

계속하여 북한군과 중공군의 세력들은 1951년 1월 7일 수원까지 진격해 왔다. 그렇지만 또 다시 1951년 1월 9일을 기하여 유엔군이 전열을 가다듬고 오산전투부터 반격을 개시하였다. 1951년 2월 7일부터 중공군의 퇴각이 시작되면서 1951년 3월14일 드디어 서울을 재 수복하였다. 그 후 1951년 5월 말경에는 현재의 남한지역까지 점령하기에 이르렀다. 드디어 1953년 7월 27일 휴전협정이 체결됨으로써 오늘에 이르고 있는 것이다.

　이상과 같은 내용을 연월일별로 알기 쉽게 다시 정리해 보면 아래와 같은 내용이다.

(ㄱ) 6·25남침

　1950년 6월 25일 4시 17분 남침단행

　- 6월28일 서울점령.

　경북 낙동강전선까지 진격.

(ㄴ) 인천상륙작전 단행

　-1950년 9월 15일6시 인천상륙

　(1) 1950년 9월 28일 - 서울수복.

　(2) 1950년 10월 19일 - 평양탈환.

　(3) 1950년 10月 26일 - 평북초산군 점령.

　(4) 1950년 10월말 압록강 혜산진과 두만강유역까지 북진.

　(5) 1950년 10월 25일 중공군 한국전개입.

(ㄷ) 장진호전투

(1) 1950년 11월 2일 장진호전투에서 미군 3,637명 사망

중공군25,000명 사망 - 11월 27일-12월 10일 철수.

(2) 1950년 12월 6일 북한군 평양탈환.

(3) 1950월 12월 11일 흥남철수.

(ㄹ) 1951년 1·4후퇴와 유엔군 반격

(1) 1951년 1월4일 북한 중공군 서울점령.

(2) 1951년 1월 7일 수원점령.

(3) 1951년 1월 9일 유엔군 반격시작.

(4) 1951년 2월 7일 중공군퇴각시작.

(5) 1951년 3월 14일 서울 재 수복.

(6) 1951년 5월 말경 현재 남한지역 점령.

(ㅁ) 1953년 7월 27일-휴전협정 체결

(1) 6·25남침 이후 약 일 년 동안 일진일퇴 반복.

(2) 결국 분단경계선 38선으로 원상복귀.

1950년 6·25 전쟁은 약 1년 동안 일진일퇴를 4번이나 반복하였다. 그 이후 양국은 분단점령선인 38선 가까이로 회귀하여 오늘날까지 휴전상태를 유지하고 있다.

지금까지 이 상태가 남북한을 당사국으로 하여 주변강대국과 각각의 방위조약이 체결된 상황 속에서 지속되고 있다. 이것은 결론적으로 한반도의 통일방식은 기존의 승부통일 방식이나 흡수통일 방식이 아닌 특별한 통일방식이 작용하고 있다는 것이다. 본 저자가 이는 하나님의 뜻과 무관하지 않다는 전제하에 한반도 통일방안의 비결을 찾아서 남다르게 생각하기에 이른 것이다.

③ 한반도 휴전사의 조명

6·25남침 이후 휴전이 임박할 즈음 약 일 년 동안 일진일퇴를 반복한 후 결국 분단경계선인 38선 인접하게 원상복귀했다. 정말 신기할 정도로 분할이 되었다. 이것은 신의 조화가 아니면 설명할 수 없는 어떤 메시지가 봉인된 미스터리이다. 그 후 드디어 1953년 7월 27일 휴전협정 체결된 후 지금까지 휴전상황이 지속되고 있는 것이다.

여기에서 우리가 주목해야할 특이한 점은 휴전상태에서 비무장지대라는 경계선이 성립된 것을 예의주시해야 할 것이다. 그리고 그 이후 70년이 지난 지금부터 하느님이 봉인한 신의 계시를 풀어야 할 것이다.

6) 한반도의 미래구조

① 한반도의 미래구조 조명을 위한 분단상황 주시

앞에서도 언급하였듯이 북한의 6·25남침으로 야기된 전쟁상황은 유엔군의 9·15 인천상륙작전으로 북진통일 일보직전까지 도달하였다. 그런데 중공군의 참전과 장진호전투로 인해서 흥남철수로 이어지면서 진퇴를 거듭하였다. 하지만 결국 38선을 경계로 하여 휴전선을 기준점으로 남북한 2㎞씩 물러서 도합 4㎞의 비무장지대(DMZ)가 형성된 것이다.

유독 한반도에서 왜 이런 현상이 일어났는가?

이에 대한 의문점을 오랫동안 연구하는 과정에서 천지창조의 3대 기질인 수화토水火土 창조과정에서 그 해답을 얻게 되었다. 그리고 통일방안도 『주역』의 38경 「화택규괘상」 속에서 그 해결점을 깨닫게 된 것이다.

역사는 흥망성쇠사興亡盛衰史이며 또 선악투쟁사善惡鬪爭史라고 하였다. 이는 우주운행법칙이 순환반복 되는 원리원칙에서 연유된 것이다.

하늘은 한반도만이 강대국들의 틈 사이에서 유린당하며 농락당하는 약소국가의 운명적인 치욕恥辱을 강요하는 것은 아니라고 생각한다.

우리는 경험하고 있으며 두 눈으로 똑똑히 보고 있는 것이다.

반만년의 가난을 청산하고 최악의 악조건 속에서 세계역사상 최단기간 내에 산업화의 금자탑을 일궈냈다. 여기서 그치지 않고 이제는 세계 10위권의 경제국가로 도약하고 있는 것이다. 국가부도를 맞이했던 IMF의 구제금융도 최단기간 내에 채무를 변제하고 탈피한 후 정상을 복원하였던 것이다.

뿐만 아니라 1988서울올림픽, 2002한·일월드컵축구대회, 2018평창동계올림픽을 유치하여 이제는 명실상부 스포츠강국으로 자리매김하고 있는 것이다. 다만 이 나라가 해결해야 할 과제는 국민통합을 도출하여 각종 갈등요인을 봉합하고 치유治癒할 수 있는 국민의식 전환이 요구되고 있는 상황이다. 이러한 문제를 극복한 토대위에 남북통일을 실현할 때 한반도는 세계평화의 모델국가로 부상浮上할 수 있다. 그렇게 되면 명실상부 한반도 문명권 시대가 개창開創되리라 확신하는 것이다.

세계에서 한류바람의 신선한 풍속이 우리 젊은 예술인들로 하여금 약동의 물결이 출렁이고 있다. 이런 가운데 대내적으로 각종 문제점이 노출되어 자각과 반성이 요구되고 있는 실정이다. 이를 잘 조율하여 이런 악조건을 국민의식의 변화가 시작되고 있는 긍정적인 측면으로 전환의 묘를 살릴 수 있을 때 민족의 앞날은 밝아올 것이다.

② 한반도의 통일은 공화통일共和統방안

한반도는 분단을 청산하고 통일을 해야 하는 시대적 상황에 직면하고 있다. 그런데 문제는 어떠한 방식의 통일방안이 한반도의 적절한 통일방안인

가가 핵심과제인 것이다.

남한이 기대하는 평화통일로 위장하고 있는 흡수통일 방식일 것인가 아니면 북한이 연방제통일로 위장하고 있는 적화통일 방식일 것인가가 첨예하게 대립하고 있는 상황이다.

여기에서 한반도 남북한 당사국과 백성들이 눈을 크게 뜨고 예의주시하며 주목注目해야 할 3대 과제가 있다.

첫째 한반도의 분단과정과 둘째 한반도에서 전쟁과정, 셋째 한반도에서 휴전과정 속에서 한반도의 통일방안의 청사진이 비장秘藏되어 있다는 사실을 주목할 필요성이 있다.

분단과정과 전쟁과정은 위에서 간헐적間歇的으로 언급하였기 때문에 여기에서 재론하지 않기로 한다. 다만 세 번째 휴전과정을 통찰하면서 한반도 통일방안을 궁구해 보기로 한다.

우선 천리대도天理大道의 섭리관攝理觀에서 통찰洞察해 본 한반도 통일방안의 총론적인 관점은 정리해 보자.
첫째 한반도의 공생공영관共生共榮觀이요,
둘째 남북한의 공동번창관共同繁昌觀이며
셋째 세계世界 평화모범관平和模範觀인 것이다.

본 저자는 이상과 같은 한반도 통일방안의 총론적인 섭리관을 실현하기 위해 한평생을 천리대도를 궁구해 왔다. 그러던 중 한반도의 분단정부 출범이후 70년 동안 수화토水火土구조로 섭리하신 배경을 발견하게 되었다. 이 경우도 단순히 수극화水剋火, 화생토火生土로 이어지는 것이 아니라 이 속에 중앙토中央土의 역할이 비장되어 있는 것에 방점을 찍고 관찰하였다.

다시 말하면 이 과정에서 북방수국北方水國인 북한北韓과 남방화국南方火國인 남한南韓, 중앙토국中央土國의 후보지역할候補地役割을 담당할 수 있는 비무장지대를 설정하게 된 천리구도를 득각하게 된 것이다. 그 이유는 한반도는 천리도책天理圖策을 구현하는 시원국가始元國家이기 때문이다.

창조주가 우주를 창조하시는 화획과정畵劃課程을 면밀히 통관通觀해 보면 다음과 같이 전개된다. 그 첫째 자질資質로 물[水]을 창조하시고 그 둘째 자질로 불[火]을 창조하신 연후 이를 조화調和시킬수 있는 셋째 자질로 성신토星辰土를 지으신 것이다.

따라서 물 역할자[水役割者]로 달[月]을 지으시고 불 역할자[火役割者]로 태양[日]을 지으신 다음 흙 역할자[土役割者]로 각종 성신계星辰界를 창조하시니 이를 수화토화획도책水火土畵劃圖策이라 하는 것이다.

한반도는 인류人類 시원국가始元國家로서 천지창조의 수화토화획도책을 실현하는 모범(모델)국가로 책정된 것이다.

따라서 지금부터 비무장지대(DMZ)에 중앙토 역할을 담당할 수 있는 구조적인 실체를 알아서 유치해야 할 책무가 한반도 남북한의 사명인 것이다. 거두절미하고 한마디로 말하면 비무장지대에 유치할 중앙토국 역할자는 '세계정부(WG)'인 것이다. 이곳은 세계평화를 기치로 내건 도시국가로 세계의 중심 코아가 되어야 한다. 매년 유엔데이(10월 24일)가 되면 평화를 위한 세계인의 축제로 하늘에 대한 추수감사의 예를 올려야 한다. 바티칸이 좋은 모델 국가이다. 성탄절이 되면 세계인의 이목이 모두 쏠려 내년의 살림살이를 준비하듯이. 이제는 화문점和問店시가 그 바톤을 이어 받아야 한다. 그렇게 해야 지구성 시원국가로서, 천손민족의 자손으로서 그 책임과 의무를 다하는 것이 된다.

1945년 출범한 유엔(UN)이 2015년 70주년을 맞이하여 한국인이 유엔 사무총장의 직무를 수행하게 되었다. 이 사건은 단순한 순환의 변화가 아니라 UN이 7七수의 수리학에서 볼 때 그 사명을 마치고 새로운 기능을 요구한다는 것이다. 지금시대는 유엔의 기능을 대신할 수 있는 새로운 국제사회를 통합하는 국제적 조직이 대두되는 시점이라는 것이다. 그래서 2018년[戊戌]부터 2033년[癸丑] 사이에 한반도 비무장지대 안[內]에 세계평화의 심볼이 존치되어야 하는 것이 천도의 섭리관인 것이다.

여기에서 한 가지 더 부언附言한다면 '국제금융허브센터'도 한반도에 유치해야한다는 점을 인식해야 할 것이다. 하늘은 일찍이 국제금융 중앙기지국 설립부지를 책정해 두고 있다. 우리는 이 사실을 주목하면서 금후 한반도는 세계정부 존치사업과 국제금융 허브센터 유치사업을 국내외적[汎世界的]으로 추진하는 것이 평창올림픽 이후 한반도의 사명과 책임이 될 것이다. 이것이 다음 세대 70년을 이끌어갈 평화운동인 것이다. 그리고 2018평창올림픽 이후 우리가 해야 할 일이기도 하다. 이번 올림픽은 우리 민족의 미래 발전을 위한 액막이 성격이 짙다. 이제 남은 G2국가 돌입을 위해 힘차게 팡파르를 울리고 통일대국을 향해 힘차게 발돋움해 보자.

③ 공화통일방안의 실현조건과 목표

한반도의 통일은 결론적으로 남북한이 천리대도의 섭리관을 실현하기위한 공화통일방안이며 이를 확인하기위하여 휴전사를 조명하고 관찰한 것이다. 공화통일방안의 실현목표는 한반도의 융성시대를 구현하기 위한 하나님의 축복이다. 이러한 축복을 위하여 수난사로 점철된 것이며 남북한 분단과 전쟁, 휴전 등으로 지속하면서 분단 70년부터 새로운 한반도시대가 제창되는 것이다.

7) 한반도 통일은 태평양시대의 종착점

① 세계는 태평양 문명권시대

지금시대는 명실상부 태평양문명권 시대이며 이 시대의 가치관은 '태평성대 의기양양'인 것이다. 따라서 이제 힘의 논리만이 대도라는 패권주의시대도 사양길을 재촉하고 있다. 그 뒤를 이어 보익주의補益主義와 단군성조의 홍애사상이 인류구도의 평화사상으로 부상될 것으로 확신 하는 것이다.

② 한반도는 태평양 문명권의 종착점이며 새 문명권의 출발점

우리나라는 태평성대국가이다. 따라서 인류파멸인 핵무기나 살상무기를 제조하는 나라가 되어서는 안 될 것이다. 이러한 기술들을 활용하여 인류복지향상의 기술로 전환해야 하는 책무를 다해야 한다. 한반도는 그 사명과 책임을 완수하는데 성심성의를 다하고 전심투구하는 한반도가 되기를 기대하는 바이다.

6. 중앙中央의 의미意味와 가치價値

1) 천지天地 중간적中間的 인간역할

　하늘과 땅은 상하관계이지만 일면 대립관계對立關係이고 다른 일면은 상반관계相反關係이기도 하다. 그러면 이러한 서로 적대적 모순관계를 조화로운 즉자적 모순관계로 승화시킬 수는 없을까?

　또 이 모순관계를 대립과 반목 투쟁을 완화하고 원융圓融관계를 가져올 수 있는 길은 없는 것인가?

　천지간에 중간적 존재인 인간의 역할이 새롭게 부각되는 것이다. 하늘과 땅 사이에 중간적 존재로 중화적 역할을 담당하는 인간을 창조하여 안배한 뜻과 의미는 엄청난 가치를 지닌다. 이 천인지天人地 삼극창조원칙三極創造原則을 소홀히 다루거나 간과看過해서는 안 될 것이다.

2) 동서남북과 중앙관계의 역할

하나님은 우주창조원칙을 천인지 종적 삼극체제로 창조하시고 운행원칙은 동서남북 사방원칙四方原則과 춘하추동 사시원칙四時原則으로 순환하시며 운행하시는 것이다.

그러나 동서관계나 남북관계 및 춘추하동春秋夏冬 관계가 상반적相反的 관계이기 때문에 이를 조화적으로 운행하시기 위해 중앙 토土를 설치하여 운행하시는 것이다.

3) 남북분단과 남북통일을 위한 비무장지대(DMZ)가 존치存置하는 이유와 역할조명

한반도에는 38선을 기준으로 남북관계가 대치상황 속에 놓여있다. 이를 무시하고 북한이 불법적으로 6·25남침으로 낙동강전선까지 점령하여 적화통일 일보직전까지 갔다. 그러나 도리어 9·15인천상륙작전으로 북한이 압록강 혜산진까지 점령당하여 북진통일 일보직전까지 가기에 이르렀다.

하지만 중공군의 개입과 장진호長津湖전투에서 UN군의 철수로 말미암아 1·4후퇴가 이루어져서 전세가 북한 쪽으로 기울어지는 듯 했다. 다시 오산까지 후퇴한 후 전열을 가다듬고 재 반격하여 오늘날의 남북한 경계선을 기준하여 휴전협정이 체결된 후 지금까지 지속되고 있는 상황이다.

4) 남북한 통일의 하나님 프로그램 조명

이른바 비무장지대는 분단선을 기준으로 남북한 각자 2㎞씩을 후퇴하여 도합 4㎞를 유지하고 있는 상황이다.

본 저자는 비무장지대에 UN이 주관하는 중립도시를 설립하고 UN 제5사무국이 주재하면서 남북한 당국 대표부를 유치하여 통일운동의 중심역할을 담당하는 중앙의 사명이 있음을 확신하고 이를 바탕으로 공화통일 방안方案을 주창하고 있는 것이다.

7. 한반도 통일의 비결秘訣 찾아 몰두한 세월

 한반도 통일은 베트남식 승부통일방식이 아니고 또 독일시 흡수통일방식
도 아니다. 그러면 어떠한 통일방안이 가능할 것인가?

 이 주제를 놓고 다양한 방법과 획기적인 방안이 없는가를 세밀히 천착하였
다. 그 가운데 『주역』의 「37경에서 43경」까지 7대 경문 속에 숨겨진
한반도통일의 '총론적인 비결秘訣 및 각론적 비결秘訣'을 발견하였다. 그리
고 이와 동시에 또 한 번 하늘 님 비장의 비의秘意를 발견하고 손뼉을 쳤다.
과연 우리 한반도는 천손민족의 천신(하늘 신)과 지신(땅 신)이 점지한 천
하의 명당 금수강산이라고 스스로 탄식했다.

 하나님께서 이루신 천지창조의 최초 자질資質이 수水[물]와 화火[불]이듯
이 다시 본기환처本紀煥處하여 세계창조의 기운을 찾아야 한다. 북방의 수
기(북한)와 남방의 화기(남한)가 수승화강水昇火降하여 새로운 기운을 뽑
아야 한다. 남녀가 결합하여 새로운 생명을 잉태하고 창조하듯이 하느님 비

장의 비의秘意를 이 땅에서 성취해야 한다. 비의는 단순히 들여다 본다고 보이는 것이 아니다. 서로 물리적 화합적 궁합을 이루어 전혀 예기치 않았던 새로운 차원의 결과물을 생성시키는 것이다. 물과 불, 남자와 여자, 하늘과 땅의 융성체隆盛體가 바로 앞으로 펼쳐지는 신세계新世界이다.

 이것이 바로 우리의 '태극기 문양'속에 은장隱藏되어 있는 하나님의 한반도 통일방안임을 탐색하였다. 그래서 이를 '공화통일방안共和統一方案'이라 명명하고 이를 정리하여 발표하기에 이른 것이다.

1) 한반도통일의 총론적 비결관이 비장되어 있는 『주역』의 7대 괘상

① 풍화가인경風火家人經
풍 화 가 인 경

家人은 女가 正位乎內하고 男이 正位乎外하면
가 인   여   정 위 호 내   남   정 위 호 외
正家之道하여 天地之大義也니라.
정 가 지 도   천 지 지 대 의 야

가인은 여자는 안에서 제자리를 바르게 하고 남자는 밖에서 제자리를 바르게 하면 바른 가정의 도리가 정립되니 이것이 하늘땅의 큰 뜻이 되느니라.

본문해의本文解義

바른 가정을 다스리는 치가지도治家之道는 나아가 나라를 바르게 다스리는 치국지도治國之道이며 동시에 천하를 바르게 다스리는 치천하지도治天下地道이다. 따라서 나라가 망하고 혼란에 빠지는 것도 나라를 다스리는 주인의 가정의 치난지가治亂之家 여하에 원인이 있는 것이다.

　그것이 하늘땅의 대도요 대의임을 명심해야 한다. 한반도 분단의 원인도 조선 말기의 국가지도자 가정으로부터 연유된 사실을 명심하고 통일을 대비해야 할 것이다.

-->조선 26대 국왕 고종 때 대원군과 민비의 관계 그리고 동학난을 고려해 보라.

② 화택규경火澤睽經
화 택 규 경

睽는 火動而上하고 澤動而下하며
규　화동이상　　택동이하
女가 同居하나 其志가 不同行하니라
여　동거　　기지　부동행

규는 불이 움직여서 위로 오르고 물이 움직여서 아래로 내려가며

두 여자가 한곳에서 거처하나 그 뜻이 동행하지 아니 하니라.

天地가 睽而其事가 同也이며 男女가 睽而其志가 通也이며
천지　규이기사　동야　　　남녀　규이기지　　통야
萬物이 睽而其事가 類也니라
만물　규이기사　류야

천지가 어긋났어도 그 일은 같으며 남녀가 어긋났어도 그 뜻은 통하며
만물이 어긋났어도 그 일은 같으니라.

본문해의本文解義

어긋나는 것은 위에 있는 불이 위에서 위로 타오르고 물은 밑에서 밑으로
흘러 가듯이 두 여자가 한 집안에서 함께 거처하다가 시집가면 각각 갈 곳
으로 가게 된다. 그러나 하늘과 땅은 위아래로 어긋났어도 그 하는 일은 같
은 것이며 남녀가 출가하면 각각 어긋나도 가정을 이루는 뜻은 같은 것이며
만물이 만 가지 다름이 있으나 씨 뿌리고 자라고 열매 맺는 일은 같은 것이
라.

따라서 여기에서 세속인들의 안목은 같은 것과 어긋난 것만 살피지만 성인
의 안목은 어긋난 것 속에서 화합하는 방안을 찾아 화합과 통합의 방법을
찾을 수 있는 것이다. 한반도의 남북분단도 분단 자체만 관찰하지 말고 남
북통합의 안목으로 살필 때만이 승부통일이나 흡수통일이 아닌 공생공영共
生共榮 통일방안이 보일 것이다.

③ 수산건경水山蹇經
수 산 건 경

蹇은 難也이니 險在前也이며 見險而能止니
건   난 야   험 재 전 야   견 험 이 능 지

利見大人이 知矣哉니라
이 견 대 인　　지 의 재

건은 어려운 것이니 험한 것이 앞에 있으니 험한 것을 보면 능히 그치고

이를 해결할 수 있는 대인을 만나는 것이 이로우며 이것이 지혜이니라.

본문해의本文解義

저는 발이 건이니 건은 어려울 수밖에 없다. 더욱이 앞에 험한 장애물이 막

고 있으니 일단 멈춰 서서 앞을 막고 있는 장애물을 제거할 수 있는 전문가

를 만나서 안내를 받아 신행히는 것이 지혜라고 가르치고 있다.

한반도의 현 상황은 남북한이 절고 있는 험한 상황이다. 막무가내로 만나

자고만 할 것이 아니라 주변상황과 당사국의 실체를 예의주시해서 혜안을

가진 인물들을 만나 지혜를 찾아야 할 것이다.

④ 뢰수해경雷水解經
뢰 수 해 경

解는 險以動이니 免險而來復하야 吉이니
해　　험 이 동　　　　면 험 이 내 복　　　길
有攸往이면 有功也니라
유 유 왕　　　유 공 야

해는 험한 것이 움직이고 있으니 험을 면하면 회복됨이 돌아오니

길한 것이며 가는 바가 있으면 공이 있느니라.

본문해의本文解義

한반도 분단상황이 한없이 갈등과 대립으로 지속되는 것이 아니라 이제는 해결(통일)의 국면이 가까이 오고 있다. 험난한 남북관계가 해결하면 길복吉福의 한반도가 기다리고 있으니 한반도의 국민들은 이때를 준비하고 실행해야 할 것이다.

⑤ 산택손경山澤損經
산 택 손 경

損은 有孚이면 元吉이니 損下益上하야
손 유 부 　　元吉이니 損下益上하야
손 하 익 상

其道가 上行이나 懲忿窒欲하느니라
기 도 　 상 행 　 징 분 질 욕

손실은 믿음을 가져야만 크게 길하게 되고

아래를 덜어서 위를 도와주는 도리로서 위로 행해야 하되

분함을 참고 욕심을 자제해야 하느니라.

본문해의本文解義

손실은 가진 자의 여유지원이며 그것은 반드시 큰 이익 되어 되돌아오는 법이다. 아래에 있는 여유 있는 자가 위에 있는 나약자를 도와주는 것이 도리이니 다만 구원舊怨을 관용하는 자세로서 욕심을 자제하는 때를 선별할 줄 알아야 한다.

⑥ 풍뢰익경風雷益經
<small>풍 뢰 익 경</small>

益은 損上益下하니 其道가 大光이라
<small>익 손 상 익 하 기 도 대 광</small>

木道가 乃行하면 日進无疆하야 利涉大川하고
<small>목 도 내 행 일 진 무 강 이 섭 대 천</small>

中正하야 有慶하니 見善則遷하고 有過則改하나니라
<small>중 정 유 경 견 선 즉 천 유 과 즉 개</small>

익은 위를 덜어서 아래를 더함이니 그 도가 크게 빛남이라.

목도가 이에 행하면 날로 나아감이 지경이 없으머 큰 내를 긴널 수 있으니

중정으로 하면 경사가 있으니 선을 보거든 이행하고 허물이 있으면 고치느니라.

본문해의本文解義

 익은 위에서 풍부하면 이를 덜어내서 아래에게 유익하게 하는 도리이니 그 도리가 크게 빛날 것이다. 단군조선의 건국이념인 홍익인간 정신으로 이행하게 되면 날마다 발전하게 되므로서 태평양시대의 태평성대 의기양양 할 이며 중화적인 정도로서 실행하게 되면 반드시 경사가 있게 된다. 따라서 선함은 반드시 실행하고 과오가 있을 때는 회개하고 반성해야 한다.

⑦ 택천쾌경澤天夬經
<small>택 천 쾌 경</small>

夬는 決也이니 剛決柔也니라
<small>쾌 결 야 강 결 유 야</small>

決而和하야 不利卽戎하면 其危乃光也하니 居德則忌하나니라
결 이 화   불 리 즉 융   기 위 내 광 야   거 덕 칙 기

쾌는 결단하는 것이니 강한 자가 약한 자를 결단한다는 것이다.

결단해서 화합하여 결단하는 수단으로 군대를 동원해서는 안 되며

그렇게 하면 위험한 사항이 오히려 위험한 결과를 가져오니

덕행으로 운거하니 꺼리는 것을 법칙으로 해야 하느리라.

본문해의本文解義

흔쾌하게 결단하는 것은 누구든 좋아하게 된다. 특히 강력한 힘을 가진 자는 유약한 사를 무자비하게 결단하기기 위해 심지어 군사행동까지 동원하게 된다.

그러나 결단의 목표는 굴복시키는데 있는 것이 아니라 화합하고 통합하는데 있는 것이다. 유약한 피 결단자가 강자의 화합의 덕망으로 말미암아 약자를 굴복시키는 것을 능사로 하지 않고 화합하는 법칙으로 이행한다면 천추에 빛나는 거울이 될 것이다.

풍화가인괘風火家人卦
풍화가인괘

家人 利女貞
가인 이여정

象曰 家人 女 正位乎內 男 正位乎外 男女正 天地之大義也
단왈 가인 여 정위호내 남 정위호외 남여정 천지지대의야

家人 有嚴君焉 父母之謂也
가인 유엄군언 부모지위야

父父子子兄兄弟弟夫夫婦婦而家道 正 正家而天下 定矣
부부자자형형제제부부부부이가도 정 정가이천하 정의

象曰 風自火出 家人 君子 以 言有物而行有恒
상왈 풍자화출 가인 군자 이 언유물이행유황

화택규괘火澤睽卦
화택규괘

睽 小事 吉
규 소사 길

象曰 睽 火動而上 澤動而下 二女 同居 其志 不同行
단왈 규 화동이상 택동이하 이녀 동거 기지 부동행

說以麗乎明 柔 進而上行 得中而應乎剛 是以小事吉
열이여호명 유 진이상행 득중이응호강 시이소사길

天地 睽而其事 同也 男女 睽而其志 通也
천지 규이기사 동야 남녀 규이기지 통야

萬物 睽而其事 類也 睽之時用 大矣哉
만물 규이기사 류야 규지시용 대의재

象曰 上天下澤 睽 君子 以 同而異
상왈 상천하택 규 군자 이 동이이

수산건괘水山蹇卦
수산건괘

蹇 利西南 不利東北 利見大人 貞 吉
건 이서남 불리동북 이견대인 정길

象曰 蹇 難也 險在前也 見險而能止 知矣哉
단 왈 건 난야 험재전야 견험이능지 지의재

蹇利西南 往得中也 不利東北 其道窮也
건 이서남 왕득중야 불리동북 기도궁야

利見大人 往有功也 當位貞吉 以正邦也 蹇之時用 大矣哉
이 견대인 왕유공야 당위정길 이정방야 건지시용 대의재

象曰 山上有水 蹇 君子 以 反身修德
상 왈 산상유수 건 군자 이 반신수덕

뢰수해괘雷水解卦
뢰수해괘

解 利西南 无所往 其來復 吉 有攸往 夙 吉
해 이서남 무소왕 기내복 길 유유왕 숙 길

象曰 解 險而動 動而免乎險 解 解利西南 往得中也
단 왈 해 험이동 동이면호험 해 해이서남 왕득중야

其來復吉 乃得中也 有攸往夙吉 往有功也
기 내복길 내득중야 유유왕숙길 왕유공야

天地 解而雷雨 作 雷雨 作而百果草木 皆甲坼
천 지 해이뢰우 작 뢰우 작이백과초목 개갑탁

解之時 大矣哉
해 지시 대의재

象曰 雷雨作 解 君子 以 赦過宥罪
상 왈 뢰우작 해 군자 이 사과유죄

산택손괘山澤損卦
산 택 손 괘

損 有孚 元吉 无咎 可貞 利有攸往 曷之用 二簋 可用享
손 유부 원길 무구 가정 이유유왕 갈지용 이궤 가용향

象曰 損 損下益上 其道 上行
단 왈 손 손하익상 기도 상행

損而有孚 元吉无咎可貞利有攸往 曷之用 二簋可用享
손이유부 원길무구가정이유유왕 갈지용 이궤가용향

二簋 應有時 損剛益柔 有時 損益盈虛 與時偕行
이궤 응유시 손강익유 유시 손익영허 여시해행

象曰 山下有澤 損 君子 以 懲忿窒欲
상왈 산하유택 손 군자 이 징분질욕

풍뢰익괘風雷益卦
풍 뢰 익 괘

益 利有攸往 利涉大川
익 이유유왕 이섭대천

象曰 益 損上益下 民說无疆 自上下下 其道 大光
단 왈 익 손상익하 민열무강 자상하하 기도 대광

利有攸往 中正 有慶 利涉大川 木道 乃行 益
이유유왕 중정 유경 이섭대천 목도 내행 익

動而損 日進无疆 天施地生 其益 无方 凡益之道 與時偕行
동이손 일진무강 천시지생 기익 무방 범익지도 여시해행

象曰 風雷 益 君子 以 見善則遷 有過則改
상왈 풍뢰 익 군자 이 견선즉천 유과즉개

택천쾌괘澤天夬卦
택 천 쾌 괘

夬 揚于王庭 孚號有厲 告自邑 不利卽戎 利有攸往
쾌 양우왕정 부호유려 고자읍 불리즉융 이유유왕

彖曰 夬 決也 剛決柔也 健而說 決而和
단 왈 쾌 결야 강결유야 건이열 결이화

揚于王庭 柔 乘五剛也 孚號有厲 其危 乃光也
양우왕정 유 승오강야 부호유려 기위 내광야

告自邑不利卽戎 所尙 乃窮也 利有攸往 剛長 乃終也
고자읍불리즉융 소상 내궁야 이유유왕 강장 내종야

象曰 澤上於天 夬 君子 以 施祿及下 居德 則忌
상 왈 택 상어천 결 군 자 이 시록급하 거덕 칙 기

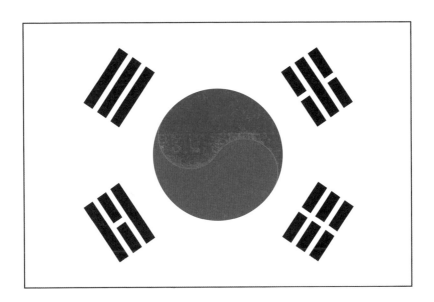

▲태극기문양太極旗文樣

2) 태극기太極旗 문양文樣 속의 공화통일방안

(1) 동남방건괘東南方乾卦는 천과 상天上을 의미하고

(2) 서북방곤괘西北方坤卦는 지와 하地下를 의미한다

(3) 동북방화괘東北方火卦는 일과 화日火를 의미하고

(4) 서남방태괘西南方兌卦는 월과 수月水를 의미한다.

(5) 중원中圓의 양분선兩分線은 남북음양南北陰陽의

　　조화적調和的인 공화共和 통일도책統一圖策을 의미한다.

8. 한반도 통일은 '공화통일방안'이다

1) 공화통일방안을 탐구하게 된 유래

한반도의 남북한에 거주하고 있는 모든 국민이나 인민은 한 결 같이 통일을 열망하고 있다. 우리 국민 어느 누구도 이 부분을 부정할 수 없을 것이다. 하지만 현실은 그렇지 못하니 그냥 안타까울 따름이다.

그런데 문제는 어떠한 방식으로 통일에 접근할 것인가? 이를 놓고 국가적, 민족적, 국민적으로 생각해 보면 이에 대한 구체적이고 시원한 대안을 찾을 수 없다는 데 더 큰 고민과 문제가 있는 것이다.

위에서도 언급하였듯이 1950년 6·25 전쟁은 남북한 공히 승부통일 일보직전까지 도달했다. 남북한 어느 한 쪽이 빠른 시간 내에 승리의 여신을 맞이할 것 같이 보였다. 하지만 결과는 그렇지 않았다. 양쪽 모두 수많은 희생의 대가를 지불하면서 국토는 초토화되었다. 심지어는 국지전에 세계 16개국의 참전국이 동원되었으나 결국 분단선 38선 비슷하게 회귀하고 말았다. 이후 70여 년 가까이 세계적으로 유일무이하게 전선을 그어놓았다. 서로 남북쪽으로 각각 2㎞씩 후퇴하여 도합 4㎞의 비무장지대(DMZ)를 설치하고 서로 두 눈을 부릅뜨고 웅크리고 있다. 휴전상태가 지속되고 있는 실정 또한 그 유례를 찾아볼 수가 없는 아수 특별한 상황을 연출하고 있다.

 이러한 상황이 오랫동안 지속되어 오는 동안 본 저자는 한반도의 분단과 통일과정을 하나님의 섭리역사 속에서 탐구하기로 결심하였다. 그 연구의 연장선상에서 이를 혼신적으로 경주하던 차제에 첫째로 『주역』의 「38경」 속에서 38선의 문제를 해결할 수 있는 방안을 도출하기에 이르렀다. 둘째로 대한민국 태극기 문양 속에서 분단과 통일의 대안을 감통感通하게 되면서 그 이름을 공화통일방안이라 명명하게 되었다

 이런 차원에서 『주역』 38경의 「화택규괘상火澤睽卦象」은 공화통일 방안의 핵심적인 각론적各論的 비결관秘訣觀으로 그 본문을 아래에 병기하여 비결의 진상을 밝히는 바이다

2) 공화통일방안의 각론적各論的 비결관秘訣觀

① 화택규괘상火澤睽卦象 본문

睽에 小事는 吉하리라.
규 소사 길
규괘에 작은 일에는 길하리라.

彖曰 睽는 火動而上하고 澤動而下하며
단왈 규 화동이상 택동이하
단전에 말씀하시기를 불이 움직여서 위로 오르고

못이 움직여서 아래로 내려가며

二女가 同居하니 其志가 不同行하니라.
이 녀 동거 기지 부동행
이녀가 동거하나 그 뜻이 동행하지 아니 하니라.

說而麗乎明하고 柔가 進而上行하야 得中而應乎剛이라
열 이여호명 유 진이상행 득중이응호강
是以小事吉이니라.
시 이소사길
기뻐서 밝은 것에 걸리고 부드러운 것이 나아가 상행해서 중을 얻어

강한 것에 응함이라 이로써 소사가 길하니라.

天地가 睽而其事가 同也이며 男女가 睽而其志가 通也이며
천지 규이기사 동야 남녀 규이기지 통야
萬物이 睽而其事가 類也니 睽之時用이 大矣哉라
만물 규이기사 류야 규지시용 대의재
천지가 어긋났어도 그 일은 같으며 남녀가 어긋났어도 그 뜻은 통하며

만물이 어긋났어도 그 일은 같으니 규睽의 때와 씀이 매우 크도다.

象曰 上火下澤이 睽니 君子가 以하야 同而異하나니라
상왈 상화하택 규 군자 이 동이이
初九 悔가 亡하니 喪馬하고 勿逐하야도 自復이니
초구 회 망 상마 물축 자복

見惡人이면 无咎하리
견악인   무구

상전에 말씀하길 위는 불이요, 아래는 못이니

군자가 이로써 같으면서 다르게 하느니라.

초구는 뉘우침이 없어지니 말[馬]을 잃어 (그를) 쫓지 아니해도,

스스로 돌아오니 단 악한 사람(미운 사람)을 보아도 허물이 없느니라.

象曰 見惡人은 以辟咎也니라
상왈 견악인   이피구야

상전에 말씀하길 견악인見惡人은 허물을 피함이라.

九二 遇主于巷이면 无咎이니라
구이 우주우항   무구

구이는 주인을 골목길에서 만나면 허물이 없느니라.

象曰 遇主于巷이 未失道也니라
상왈 우주우항   미실도야

상전에 말씀하길 우주우항遇主于巷이 도리를 상실하지 않느니라.

六三 見輿曳코 其牛가 掣이며 其人이 天且劓니
육삼 견여예   기우 체   기인   천차의
无初코 有終이리라
무초   유종

육삼은 수레를 당기고 그 소를 막으며 그 사람이 머리를 깎이고

코베임을 보게 되니 처음은 없고 마침은 있느니라.

象曰 見輿曳는 位不當也이오 无初有終은 遇剛也일새라
상왈 견여예   위부당야   무초유종   우강야

상전에 말씀하시길 견여예見輿曳는 위가 부당함이며

무초유종无初有終은 강함을 만나기 때문이다.

九四 睽孤하야 遇元夫하야 交孚이니 厲하니 无咎이니라
<small>구 사 규 고　　　우 원 부　　　교 부　　려　　　무 구</small>

구사는 규(睽)가 외로워서 원부를 만나 미덥게 사귀니

위태로우나 허물은 없느니라.

象曰 交孚无咎는 志行也이리라
<small>상 왈 교 부 무 구　　　지 행 야</small>

상전에 말씀하시길 교부무구交孚无咎는 뜻이 행해지리라.

六五 悔亡하니 厥宗이 噬膚이면 往에 何咎이리오
<small>육 오 회 망　　　궐 종　　　서 부　　　왕　　하 구</small>

육오는 뉘우침이 없어지니 그 종당이 살을 씹으면 가더라도 무슨 허물이리오.

象曰 厥宗噬膚면 往有慶也이니라
<small>상 왈 궐 종 서 부　　　왕 유 경 야</small>

상전에 말씀하시길 궐종서부厥宗噬膚는 가서 경사가 있으리라.

上九 睽孤하야 見豕負塗와 載鬼一車니라
<small>상 구 규 고　　　견 시 부 도　　　재 귀 일 거</small>

상구는 규가 외로워서 돼지가 진흙을 짊어지고

귀신을 한 수레 실은 것을 보느니라.

先張之弧이라가 後說(탈)之弧하야 匪寇니라
<small>선 장 지 호　　　후 설　　지 호　　　비 구</small>
婚媾이니 往遇雨하면 則吉하리라
<small>혼 구　　　왕 우 우　　즉 길</small>

먼저는 활을 당기다가 뒤로는 활을 걷으니 도적이 아니라 혼인을 하자는 것

이니 가서 비를 만나면(하나가되면-통일이 되면) 길하리라.

象曰 遇雨之吉은 羣疑가 亡也니라
상 왈 우 우 지 길   군 의   망 야

상전에 말씀하시길 우우지길遇雨之吉은 모든 의심이 없어진 것이니라.

② 남북관계 비교

ㄱ) 下卦二澤兌 - 北韓象徵
하 괘 이 택 태   북 한 상 징

화택규 괘상의 하괘는 이택태괘로서 북한을 상징한다.

ㄴ) 初爻 - 北韓百姓象徵
초 효   북 한 백 성 상 징

하괘 초효는 북한백성을 상징한다.

ㄷ) 二爻 - 北韓政府象徵
이 효   북 한 정 부 상 징

하괘 이효는 북한정부당국을 상징한다.

ㄹ) 三爻 - 北韓統一勢力象徵
삼 효   북 한 통 일 세 력 상 징

하괘 삼효는 북한내 통일세력을 상징한다.

ㅁ) 上卦三離火 - 南韓象徵
상 괘 삼 리 화   남 한 상 징

화택규 괘상의 상괘는 삼리화三離火괘로서 남한을 상징한다.

ㅂ) 四爻 - 南韓百姓象徵
사 효   남 한 백 성 상 징
상괘 사효는 남한백성을 상징한다.

ㅅ) 五爻 - 南韓政府象徵
오 효   남 한 정 부 상 징
상괘 오효는 남한정부 당국을 상징한다.

ㅈ) 上爻 - 南韓統一勢力象徵
상 효   남 한 통 일 세 력 상 징
상괘 상효는 남한 내 통일세력을 상징한다.

3) 통일방안의 정명학적 의미

 우리가 통일문제를 거론할 때마다 한반도 통일방안이란 명칭을 사용한다. 이 명칭을 왜 사용하는가에 관한 문제에 관심을 가지고 주목해야 할 과제가 있다는 점을 알아야 한다.

 방식이 아닌 방안이란 '통일방법을 통하여 남북한 당국과 국민들을 안내' 한다는 의미가 내포되어 있다는 사실을 확실히 인식해야 한다는 점을 주목 해야 한다. 방안의 방 자는 모방[矩也]이요, 안 자는 어루만질 안[撫也]이다. 따라서 '통일의 방법으로 안내한다'라는 인식을 주지周知해야 한다는 점이 다.

남북한의 통일방안을 성찰해 볼 때 그 허虛와 실實의 문제를 간과看過할 수 없다.

남한의 통일방안은 외형적으로는 평화통일 방안이다. 그런데 인류역사상 이념과 사상이 다른 두 집단이 평화적으로 통일된 사례가 있었던가? 따라서 평화통일의 내면적 목적은 흡수통일이며 북진통일인 것이다.

북한의 통일방안은 외면적으로 연방제 통일방안이다. 그런데 연방제를 추진했던 예맨과 수단이 이미 실패한 방안이다. 따라서 연방제 통일방안의 내면적 목표는 적화통일 또는 승부통일 방안인 것이다.

결론적으로 한반도 통일방안은 흡수통일방안이나 적화통일방안도 아니다. 남북한의 통일방안은 창조적으로 승화할 수 있는 '공화통일방안'인 것이다.

4) 왜 '공화통일방안'인가?

앞에서 언급한 것과 같이 한반도의 통일방안이 승부통일방식이나 흡수통일방식이 아니다. 이 두 가지가 아니면 무슨 방안이란 말인가? 그것은 바로 공화통일방안일 수밖에 없다. 그럴 수밖에 없는 그 이유와 근원은 한반도가 하나님의 지구창조역사의 시원지역국가始元地域國家이기 때문이다.

우리나라 상고사上古史를 오랫동안 탐구해온 저자는 하나님이 지구성을 창조하실 때 한반도로부터 출발한 시원역사始元歷史를 감통感通한데서 깨닫게 된 것이다.

다시 말해 이는 선천국조先天國祖인 환인천황桓因天皇을 지구상에 최초로 강림하실 때부터 연유한다. 그 이유는 이 한반도를 우주창조의 기본자질基本資質인 천수天水, 지화地火, 인토人土의 수화토水火土 3대 자질을 적용한 시원국가始元國家라는 역사관이 바탕되었다. 한반도는 북방 수국형北方 水局型의 북한과 남방 화국형南方 火局型 남한과 중앙 토국형中央 土局型 비무상지대非武裝地帶(DMZ)인 수화토기질형水火土氣質型으로 구성되어 있다. 그러한 분단된 배경을 깨닫게 되면서 한반도 통일도 이러한 역사배경과 일치하는 토대위에서 가능하다는 사실을 연구하면서 공화통일 방안을 도출하게 된 것이다.

한반도는 하나님의 우주창조의 수화토의 3대 자질을 적용하신 시원국가이다. 그래서 분단과 통일과정도 이 법칙에 의거한다는 천리대도天理大道를 추호도 벗어날 수 없다는 전제하에 정립한 통일방안인 것이다.

5) 공화통일 방안의 7대 방략

① 비무장지대에 세계정부와 유엔주재 중립도시를 설립 - 남북한 대표부

초치 회통

우리는 한반도 비무장지대에 세계정부를 유치하고 UN이 주도하는 중립도시 약칭 화문점시를 건립하고 유엔 제5사무국을 존치한다. 화문점和門店이란 바로 평화의 문, 평화의 화해와 협력의 세계를 여는 문을 판매하는 도시이라는 뜻이다. 그 후 남북한 대표부를 초치하여 남북한의 화해와 협력 및 공생공영을 도모하여 자주통일기반을 확보하는 공화통일방안을 추진한다.

② 주변 강대국들의 이해충돌을 방지하는 통일방안

한반도는 지정학적으로 주변강대국들의 이해관계가 첨예尖銳하게 대립하고 충돌할 수 있는 가능성이 상존하고 있다. 한반도의 통일이 주변강대국의 영향을 받아 지역적 이념적으로 편중하게 되면 통일 이후에도 강대국들의 이해관계의 장場으로 다시 전락될 가능성을 배제할 수 없다. 따라서 주변강대국들의 이해관계나 충돌가능성을 방지하고 배제하면서 예방할 수 있는 자주적 통일을 성취할 수 있는 공화통일 방안을 추진해야 한다.

③ 통일과정의 혼란방지와 통일비용 절감형 통일방안

한반도의 통일이 갑자기 이루어질 경우 그로 인한 혼란이 발생할 수 있는 가능성은 불문가지不問可知이다. 다시 말해 갑자기 통일이 이루어질 경우 북한주민들의 대이동으로 야기惹起되는 혼란이 예상된다. 그로 인해 엄청난 재난으로 비화飛禍될 가능성을 예측할 수 있으며 동시에 상상할 수 없는 통일비용이 요구될 전망이다. 따라서 공화통일 방안은 이러한 문제를 미연에 예방할 수 있는 통일방안인 것이다.

④ 남북한 동반성장과 국운융성용 통일방안

한반도의 통일은 남북한이 상호적으로 체제안정을 도모하면서 동시에 동반성장同伴成長을 초래하는 통일이 이루어져야 한다. 아울러 상호 안정적 기반위에 협조와 소통을 극대화하여야 한다. 그렇게 해서 남북한의 국력을 신상하고 남북한의 국운융성을 도모하게 될 경우 한반도 문명권시대가 만개한다. 그리고 명실상부 세계적인 강대국으로 부상할 수 있는 있는 통일방안이 본인이 제안하는 공화통일방안인 것이다.

⑤ 태평양시대의 가치관실현을 위한 통일방안

지금 시대는 태평양 문명권시대로서 그 가치관은 '태평성대太平聖代 의기양양意氣揚揚'이다.

한반도는 태평양 연안국가로서 태평양시대의 가치관을 실현할 수 있는 성대국가聖代國家의 자질을 갖추고 있는 국가이다. 그리고 단군조선의 건국이념인 경천애인敬天愛人 제세이화濟世理化 홍익인간弘益人間의 전통문화를 맥맥히 계승하면서 980여 회의 외침을 감내하면서도 타국을 침략하지 않은 성대국가聖代國家이다.

 한반도 주변 강대국들은 모두가 패권주의 국가이다. 오직 대한민국만이 평화를 사랑하는 백의민족의 전통문화국가로서 태평성대 의기양양의 가치관을 실현할 수 있는 성대국가인 것이다. 공화통일방안은 성대국가의 실현을 위한 통일방안인 것이다.

⑥ 인류평화 모델국가를 위한 통일방안

 세계는 인류평화를 최고의 가치관으로 주창主唱하고 있으나 아직까지 이를 실현한 평화모델국가는 지구상에 전무하다. 유엔이 인류평화의 기치를 내걸고 출범한지도 70년에 이르지만 평화모델국가는 아직까지 요원한 몽상이다.

 이때 남북한이 반목 갈등 대립 투쟁을 지양止揚하고 극즉반極卽反의 공화통일국가로 대두될 경우 한반도는 세계평화의 모델국가로 급부상할 전망이다. 하나님은 한반도에 모진 고난과 시련으로 연단하고 단련시키면서 이질적인 주의 사상을 초월하여 하나의 공화통일 나라로 만들고자 부단히 노력하고 있다. 그렇게 설계하신 것도 인류 평화모델국가를 이루기 위한 섭리역사라고 판단할 수 있다.

⑦ 남북분단 70년을 대비한 통일방안

 1948년은 남북한 분단정부가 각각 수립된 해로서 2018년은 분단정부 출범 이후 70년을 맞이하고 있는 중대한 시점이다. 왜냐하면 천지인 3수는 종적 수리요, 춘하추동(동서남북) 4수는 횡적인 수리로서 3+4=7수는 하늘수라고 하는 것이다. 우리나라 경전인 『천부경天符經』은 이를 '운삼사運三四 성환오칠成環五七'이라 말씀하셨다.

 분단정부수립 70년을 앞에 두고 있는 한반도는 필연적인 변화를 예측해 볼 수 있다. 소비에트연방국이 70년 만에 붕괴된 것도 천도운행과 무관하지 않다고 볼 때 시사示唆할만 하다고 본다. 한반도의 남북한도 분단정부 70년을 앞에 놓고 철저하게 대비하는 안목이 요구되고 있는 실정이다.

6) 한반도 통일 천리도책天理圖策 요약

① 한반도 역사관
(ㄱ) 地上人類始元地域國家
지상인류시원지역국가
(ㄴ) 人類文化發源地域國家
인류문화발원지역국가
(ㄷ) 人類歷史傳統地域國家
인류역사전통지역국가

② 천리도책 시행지天理圖策施行地

    (ㄱ) 水火土三大資質圖策地
         수 화 토 삼 대 자 질 도 책 지
    (ㄴ) 周易三十八卦經施行地
         주 역 삼 십 팔 괘 경 시 행 지
    (ㄷ) 太極旗文樣圖策實現地
         태 극 기 문 양 도 책 실 현 지

③ 중앙토-비무장지대의 사명

    (ㄱ) 北韓 - 水流土中萬物蘇生
         북 한   수 류 토 중 만 물 소 생
    (ㄴ) 南韓 - 火生土中萬物成長
         남 한   화 생 토 중 만 물 성 장
    (ㄷ) 中土 - 水火相濟萬物結實
         중 토   수 화 상 제 만 물 결 실

9. 역사정신과 시대정신 탐구探求

1) 역사정신

 역사에는 역사정신이 있다. 이러한 역사정신을 일명 역사사조歷史思潮라고 하기도 한다. 이 역사정신은 역사를 주도하면서 흥망성쇠사興亡盛衰史나 선악투쟁사善惡鬪爭史를 연출하는 것이다.

 그런데 역사는 왜 흥망성쇠사가 있으며 선악투쟁사가 있는 것인가?

 인류 역사이래 이 숙제는 영원히 풀 수 없는 과제로서 계속 진행되는 과정이라 그 물음을 포기하게 되었다 해도 과언이 아니다. 그런데 이를 무시하고 간과할 수 없어 항상 관심까지는 포기할 수 없었다. 그냥 빙 둘러 돌아오면서 그 숙제를 미뤄오고 있었다. 그러던 중 역사의 흑막 속에 감춰진 신성불가침의 이 숙제가 아주 간단한 하나님의 우주창조와 섭리역사 속에 맥맥히 자리 잡고 있는 것을 발견했다.

하나님은 음양으로서 우주를 창조하시고 오기五氣로 운행하시며 순환반복하면서 영원무궁토록 주관하시는 전지전능의 무형적 실존체인 것이다. 따라서 역사의 흥망성쇠나 선악투쟁은 하나님의 우주의 순환반복 섭리역사 속에서 그 이유가 있는 것이다.

이러한 섭리역사의 역사정신은 3대 정신이 약동하고 있는 것이다.

그 첫째는 심판의 역사정신이다. 역사는 필연적으로 심판정신이 작용하고 있는 것이다.

둘째는 교훈의 역사정신이다. 역사는 흥망, 성패, 선악의 가치로서 후대에 교훈정신으로 작용하고 있는 것이다.

셋째로 역사는 창조정신이 있다. 역사는 머무를 수 없으며 부단히 새로운 역사를 창조하는 정신으로 작용하고 있는 것이다.

이렇게 역사는 실로 우리 주위를 생생하게 지켜오고 있었던 것이다.

2) 시대정신

시대정신은 첫째 과거 시대정신과 둘째 현재 시대정신, 셋째 미래 시대정신으로 대별할 수 있다. 이러한 시대정신을 보다 구체적으로 인식하기 위해서는 시대라는 명칭을 정확히 궁구窮究할 필요가 있다.

① 시대의 정명학적正名學的 고찰

때라는 '시時' 자는 날 일日과 마을 사寺의 합성어로 '일日+사寺' 곧 태양 마을이란 글자로 구성되어 있다. 그런데 날 일日자 뒤에는 달 월月 지기 온 장隱藏되어 있다. 이를 월月+사寺 곧, 달 마을이란 글자 속에 함축含蓄된 때의 의미를 유추類推해 볼 수 있다. 다시 말하면 날 일日의 양력陽曆과 달 월月의 음력陰曆에 의해서 때가 성립된다는 정명학적正名學的인 견해를 고찰해 볼 수 있는 것이다.

특히 때 시時 자의 고자古字가 시旹 자인데 이 글자는 갈 지之와 날 일日의 합성어로 구성된 것을 알 수 있다. 즉 때의 성립 원칙이 일월日月이 운행하면서 때[時]가 만들어진다는 보다 구체적인 의미를 내포하고 있음을 인지할 수 있다.

그렇다면 여기에서 주목하면서 통찰해 봐야 되는 글자가 대신 대代 자인데 대代 자가 때 시時 자와 합류해서 시대時代라는 명사가 탄생된 것이다. 따라서 시대라는 명사의 의미는 일월이 운행하면서 때가 만들어지고 그 때를 대신하여 때의 목적을 실현하는 인물이 등장한다는 것이다. 바로 그가 시대의 지도자로서 한 시대를 주도하고 이끈다는 것이다. 비로소 이때 시대는 곧 시물時物이라는 정명학적의 의미를 유추해 볼 수 있는 것이다.

② 시대의 3대三大 기능機能

여기에서 우리는 시대의 3대 기능에 대해서 주목할 필요가 있다. 그리고 3대 기능 속에 내재한 각 기능의 관점을 세밀히 관찰해야 시대를 꿰뚫이 볼 수 있다.

시대의 3대 기능은 바로 첫째는 시대時代 지각기능知覺機能과 둘째는 시대時代 사조기능思潮機能, 셋째는 시대時代 정신기능精神機能이다.

첫째, 시대 지각기능을 알기 위해서는 일·후·기·절·계·년日·候·氣·節·季·年의 5단계 형성원리를 통찰하고 통달해야 한다.

다시 말해 1일一日 12시十二時와 사방四方 사시원리四時原理를 통달해야 한다. 그렇게 한 후 5일은 1후一候요, 3후三候는 일기一氣, 15일이다. 3기三氣는 1절一節, 45일이요, 2절二節은 90일 이다. 그리고 8절八節은 1년一年 360일의 원리가 된다. 나아가 한 달은 2기二氣와 12월령十二月令, 24기二十四氣는 1년 360일이다. 이를 정중수正中數라 하는데 양력 365일과

음력 354일의 형성원리를 통관通觀할 때 시대의 기능과 역할을 정관正觀할 수 있다. 그 토대 위에서 인물의 역할과 사명을 통찰할 수 있는 것이다.

심지어는 이 원리를 통관할 때 생존계의 3대 원리인 신장원리伸張原理와 귀장원리歸藏原理, 조화원리調和原理를 통달할 수 있다. 그러면 비로소 사망계의 3대 원리인 신혼계神魂界와 귀혼계鬼魂界, 영혼계靈魂界의 사후세계 구조체계(부록을 참조)를 달관達觀할 수 있는 것이다.

둘째는 시대 사조기능을 인지하는 원리와 원칙을 능통해야 한다.

사조思潮라는 말은 그 시대의 주도적인 사고방식의 흐름을 말한다. 다시 말하면 사상의 조류현상潮流現狀을 시대사조時代思潮라고 한다. 시대사조의 발생원인은 일음지一陰之하고 일양지一陽之하는 음양원리陰陽原理의 순환도리循環道理에서 발생하는 것이다.

성인聖人들은 순환 반복하는 우주도리를 지각하셨기 때문에 원수를 맺지 말라[讐怨莫結]. 반드시 서로 만난다[必是相逢]고 설파說破하신 것이다. 『음부경陰符經』에 이르기를 산 자는 죽음의 근원[生者死之根]이요, 죽은 자는 다시 태어 나는 근원[死者生之根]이라 했으며, 『성경』은 또한 원수를 사랑하라고 했던 것이다.

시대사조란 다르게 표현하면 시대사상이라고 말할 수 있다. 오늘날의 시대사조는 개인우선주의個人優先主義와 물질만능주의物質萬能主義를 숭배하는 시대사조가 지배적이다. 이러한 시대사조는 패권주의를 초래하기 때문에 분열이 가중되고 그 결과는 갈등, 반목, 대립, 투쟁을 가져온다. 그렇기 때문에 궁극적으로는 인간사회의 파탄과 분쟁을 지향하게 되는 것이다.

셋째는 시대정신을 통찰하는 능력이 있어야 한다.

어느 시대 어느 사회나 그 시대와 사회가 필연적으로 추구해야 하는 필요충분한 사회적 가치가 있다. 그리고 이에 수반되는 그 사회가 해결해야 할 사회적 과제나 성취해야 할 사회적 목표가 있다.

그렇기 때문에 이를 지향志向하는 시대정신이 반드시 있는 것이다. 이 시대정신은 그 시대의 가치기준이 되어 그 사회구성원의 의지를 통합, 결집하는 역할을 한다. 그리고 이는 사회의 공동선을 추구하는 구심점 역할은 물론 사회적 과제나 사회적 목표를 해결하고 성취하는 척도가 되는 것은 당연하다.

왜냐하면 시대정신은 어느 시대든지 사회일반에 널리 통용되는 정신이기 때문이다. 따라서 그 시대상황에 맞는 시대정신을 정립하여 국민 의지를 결속하여 정진한다면 역사는 새로운 지평을 열고 웅비雄飛할 수 있기 때문이다.

3) 국민통합의 협치協治와 국민분열의 편치偏治

① 국민통합의 협치

오늘날의 사회현상은 그 어느 때보다도 국민통합과 국민화합이 절실히 요청되고 있는 것이다. 이러한 국민통합과 국민화합을 정치적 관점으로 해석하면 협치協治라고 한다.

다시 말해 국민통합과 국민화합을 위한 협치는 중화도책의 원리를 터득하고 지각할 때만이 가능한 것이다. 중화도책中和圖策의 원리를 모르고 협치를 주장한다면 그것은 한낱 구호에 불과하고 대중을 기만하는 회유책懷柔策일 뿐이다.

중화도책의 대도는 인묘진사오책寅卯辰巳午策과 사오미신유책巳午未申酉策 신유술해자책申酉戌亥子策 해자축인묘책亥子丑寅卯策으로서 중앙토기中央土氣인 진술축미辰戌丑未의 불편부당不偏不黨한 정책적 인사와 실천강령으로 추진할 때 가능한 것이다.(부록 참조)

② 국민분열의 편치

협치와 상반되는 편치는 방국도책方局圖策으로서 인묘진도책寅卯辰圖策과 사오미도책巳午未圖策 신유술도책申酉戌圖策 해자축도책亥子丑圖策

을 편치偏治의 방국도책이라 한다. 이러한 방국도책은 반목, 갈등, 대립, 투쟁을 초래하게 된다.(부록 참조)

10. 새 시대 선도자들의 역할과 사명

1) 시대를 경륜하는 시대정신

한 시대를 경륜經綸하는 시대는 그 시대정신이 요구된다.

인간은 시대 속에서 살고 있는 사회적 존재이다. 그런데 어느 시대나 어느 사회를 막론하고 그 시대가 성취해야 할 목표가 있다. 그리고 또한 그 사회가 해결해야 할 사회적 문제나 과제 등이 함께 병존하고 있다. 그러기 때문에 이를 처리하기 위해서는 반드시 지향하는 시대정신이나 시대사상이 절대로 필요한 것이다.

왜냐하면 시대정신이나 시대사상은 그 시대의 국민의지를 결속하는 좌표가 되어 새로운 역사를 개척하는 척도로서 비유컨대 항해선航海船의 나침반과 같은 것이다.

시대정신이 결여되어 있으면 마치 나침반 없는 배[船舶]가 항해하듯 뚜렷한 지향목표가 없이 바람 따라 흘러가거나 아니면 좌초하여 난파될 처지가 되는 것은 불문가지이다. 이는 동서고금의 역사적 교훈이며 진리인 것이다.

그러면 시대정신이 과연 어떠한 상황에서 어떤 역할을 했으며 또 어떤 현안과 과제를 해결하고 목표를 성취했는지 몇 가지 실례를 들어 조명해 보고자 한다.

① 이율곡 선생의 10만양병설과 김구의 불변응만병론

1583년 병조판서 율곡栗谷 이이는 임진왜란을 예견하시고 '10만양병설'을 제기하였다. 그러나 조선 제14대 국왕인 선조를 비롯한 국정 책임자들은 동문서답식으로 냉소하면서 헌신짝 버리듯 이를 묵살하였다. 그는 1584년 한 많은 이 세상을 하직하였는데 아마도 화병으로 돌아가신 것으로 짐작된다.

드디어 율곡 선생이 예견하신 대로 임진왜란이 발발하자 선조임금을 비롯한 국정책임자들은 의주까지 피난하면서 구차한 연명을 구걸하는 지경에 이르렀다. 그 와중에 국토는 초토화되고 죄 없는 백성들은 침략자들의 희생양이 되었다. 그 참상은 말로 형용할 수 없고 눈 뜨고 볼 수 없는 지경에 이르렀다. 선량한 백성들은 귀[耳]가 잘리고 코[鼻]가 베어져 소금통에 절여

지는 참상을 겪었다. 그것도 모자라 침략국 일본은 그것을 승리자의 전리품으로 그들 나라로 가져갔다. 이렇게 전락한 백성들의 희생자 수가 몇 만 명을 넘었다. 우리 민족에게는 하늘이 통탄할 일이고 가슴 속 깊이 영원히 잊혀지지 않는 일이 아니던가?

더더욱 통탄을 금할 수 없는 것은 어디 한두 군데 이겠냐마는 이것은 지적하지 않을 수 없다. 아직까지도 원수 땅에서 구천을 맴돌면서 고국을 그리워하며 통곡하는 원혼의 절규를 우리 모두는 못들은 척 외면하고 있다는 사실이다. 이 모두는 당시 국정 지도자들이 시대정신을 모르고 묵살한 무지의 소치라는 역사적 교훈을 잊지 말아야 한다. 그리고 앞으로는 오늘 우리가 저지른 한국정치의 난세를 치세로 전환하는 대역전의 거울로 삼아야 할 것이다.

김구 선생께서는 1945年 11月 23日 귀국하기 전날 밤 제시하신 '불변응만변론不變應萬變論'이나 이승만 초대 대통령의 '뭉치면 살고 헤치면 죽는다' 등도 시대정신의 표방이었던 것이다.

② 토마스 페인의 『커먼센스』

미국 독립전쟁 직전 영국에서 건너간 토마스 페인 Thomas, Paine(1737년-1809년)은 소책자 『커먼센스Commonsense』를 제작하여 영국의 군주정치와 귀족정치를 통렬히 비판하였다. 그리고 식민지가 영국으로부터 이탈하여 독립된 공화체제의 새 나라를 건설해야함을 주장하였다.

그는 "영국이 식민지 미국을 보호해 왔다는 것은 사실이 아니고 다만 식민지 통치를 합리화한 위장이다. 대륙인 미국이 바다건너 떨어져있는 섬나라에 종속되어있는 그 자체가 부자연스런 일."이라고 강변하였다.

"독립전쟁을 하여 얻을 것은 독립과 자유와 번영이며 잃을 것은 아무것도 없다." 라고 역설했다. 이 책은 몇 달 만에 10만 부 이상이 팔리면서 식민지인들에게 독립전쟁의 당위성을 주장하는 여론으로 확산되었다. 영국에서 신대륙으로 건너온 이주민들은 영국 지배하의 정치적 압박과 과중한 조세, 파병요청 등으로 누적된 대영감정이 분출했던 것이다.

이때에 독립을 갈망하는 식민지인들의 의식화가 시대정신으로 성숙되어가고 있었다. 거기에 불을 댕기게 한 것이 토마스 페인의 『커먼센스』였다. 6년간의 독립전쟁에서 승리한 미국은 독립과 자유와 번영을 누리며 새 역사의 지평을 열어 오늘날 세계사를 주도하는 초강대국이 된 것이다.

③ 후쿠자와 유키츠의 「탈아입구론」

일본의 명치유신시대에 일본 근대화의 정신적 지도자이며 선구자인 후쿠자와 유키츠[福澤諭吉](1835년-1901년)는 교육(經應大 設立)과 언론(「時事新報」 發刊)을 통해 국민을 계도하면서 일본 근대화에 기치를 올렸다.

그 스스로 미국과 유럽을 돌아 보고 견문을 넓혀 선진문물과 사회제도를 도입하는데 혼신의 힘을 쏟았다.

그는 일본이 구미열강들과 같은 반열에서 세계사를 주도하기 위해서는 향후 일본은 아세아의 울타리를 넘어 유럽으로 지향해야 한다. 소위 '탈아입구론脫亞入歐論'의 선견지명이 있는 시대정신을 표방하고 실천 하였다. 그 공덕으로 일본 근대화의 아버지가 되어 일본인들의 시대적 스승으로서 오늘날까지 안팎으로 존경을 받고 있다.

④ 이스라엘의 시오니즘

이스라엘 민족 시오니즘Zionism의 제창자인 헤르츨Theodor Herzl(1860년-1904년)은 '유태인들이 가진 힘이란 그들이 경험한 비참함 그 자체'라고 주장하였다. 그 프레임이 그들 민족을 일깨우는 촉발이 되었다. 그 힘으로 유태인들의 의지를 결집하기위해 전 유럽을 누비며 혼신의 힘을 경주했다. 그는 또 "우리의 첫 과제는 지구상에 유태인의 욕구를 충족시킬 영토를 확보하여 독립국가를 세우고 주권을 획득하는 것이다."라고 역설했다.

그가 사망하자 바이츠만Weizmann Chain Azriel(1874년-1952년)과 벤구리온Ben Gurion David (1886년-1973년)으로 계승되면서 독립운동은 이어졌다. 드디어 1948年 5月 14日 오후 4시 팔레스타인 지역에 이스라엘 건국을 선포하였다. 이는 2000년 유태민족의 유리방황을 청산하고 민족적인 숙원을 해결한 것도 시대정신인 시오니즘에서 유래된 것이다.

⑤ 등소평의 「흑묘백묘론」

3억 인구와 광활한 영토를 보유하고 있는 중국은 1949年 중화인민공화국을 수립하였다. 그 이후 1967년부터 10년 동안 문화혁명과정을 거치면서 정치적 혼란과 경제적 침체로 국가가 위기국면에 봉착하였다. 이 때 천신만고 끝에 등소평이 주도한 과감한 개혁개방정책으로 위기상황을 탈피하고 일취월장 성장하였다. 위기국면에 직면했을 때 이에 굴하지 않고 불굴의 투지를 모았다. 많은 희생이 따랐지만 오늘날 세계적인 강대국으로 부상할 수 있도록 토대를 마련하였다. 우리도 반면교사로 삼아야 하는 좋은 교훈이다. 이것이 소위 '흑묘백묘黑猫白猫' '실사구시實事求是의 논리로 자본주의 체제를 도입한 시대정신의 반영이라 할 것이다.

⑥ 19세기의 한반도의 국가지도자 역량

19세기 서구사회는 일찍이 산업혁명 과정을 거쳐 오면서 자본주의사회 체제가 정착되었다. 이를 바탕으로 국력신장과 세계제패에 혈안이 되어 있었다. 바야흐로 서구열강은 식민지의 확장과 서세동점으로 제국시대를 열었다는 것이다. 이를 벤치마킹한 일본은 아시아를 벗어나서 세계열강의 반열에 끼어들었다.

이 때 우리나라 조선은 세계의 동정과 실상을 파악하지 못하여 그에 따른 적절한 대응방안을 강구하지 못하고 우왕좌왕하였다. 그러다가 결국 강제 개항이라는 수모를 당하고도 오히려 강력한 쇄국정책으로 일관하였다. 이를 발 빠르게 극복한 이웃나라 일본과 너무나 대조적인 정책을 펼쳤다. 비슷한 상황에 직면했을 때 이를 헤쳐 나가는 슬기와 지혜는 두 나라의 지도자와 주변인물들이 판이하게 달랐다는 것이다.

이렇게 국운이 풍전등화에 이르렀는데도 이른바 명성황후와 흥선대원군(李昰應)과의 주도권 싸움에 필요 없이 국력을 낭비하고 국론을 분열시키고 있었다. 그러다가 설상가상으로 동학란이 발발하여 급기야 청일양국 군대를 자초하였다. 그 결과 외세에 의해 임오군란, 갑신정변, 을미사변, 아관파천俄館播遷이란 치욕적 사건을 감수하기에 이르렀다. 그런 와중에 지도세력들은 친러, 친청, 친일세력으로 삼분오열되고 외세 의존적 심리만 팽배한 가운데 국정을 바로 잡을 중심세력들은 국가관이 결여되었다. 20세기에 접어들자 일본 군국주의자들은 야만적인 마각을 본격적으로 드러내 보이면서 조선의 국권을 침탈하고 한반도는 일본의 식민지로 전락하게 되었다.

이때 그나마 우리의 시대정신은 '국권회복과 자주독립'으로 승화되었다. 그리하여 드디어 1919年 거국적인 3·1운동으로 폭발하였고 애국지사들은 해외에 망명정부를 수립하여 항일 투쟁을 전개하였다.

2) 외세에 의한 광복과 남북분단

 1945年 연합국의 승리로 외세에 의해 일본의 식민지하에서 광복을 맞이했다. 그러나 그토록 참혹하게 경험했던 외세에 의한 질곡의 고통을 망각한 채 이번에는 민주주의 대 공산주의의 이념 대립으로 갈등을 빚었다. 이로 말미암아 또다시 국론이 분열되고 국토가 분단되어 동족상잔의 전쟁으로 비극을 낳았다. 이로 인하여 300만 민족의 희생과 국토가 초토화된 민족적 비극은 어언 반세기가 경과하고도 그칠 줄 모르고 평행선을 치닫고 있는 상황이다.

 동작동 국군묘지(顯忠院)에 묻혀있는 수많은 젊은이들의 피의 대가는 누구를 위한 희생양이란 말인가?

 이제 한반도는 가변적인 이념의 대결에서 탈피하여 민족 공동체를 복원해야 한다. 그리고 민족의 염원인 조국통일를 성취하기 위해서는 '중화회통中和會通주의의 시대정신'으로 국론통일과 국민화합 및 조국통일을 실현해야 할 것이다.

 5·16군사혁명 과정을 거쳐 박정희 정권은 '우리도 한번 잘 살아보자'라는 구호아래 '조국근대화祖國近代化'의 경제개발도 시대정신의 표방이였으며 민주화세력에 의한 민주화성취도 민주화시대의 시대정신이였다.

민주화 이후 오늘날 한국의 정치사회실상은 어떠한가?

이른바 우파와 좌파 보수와 진보의 대립갈등이 첨예하게 고조되고 투쟁일
변도의 노동조합 만능시대를 맞이하였다. 그 결과 폭력과 투쟁이 난무하며
집단이기주의가 발호跋扈하고 사회질서가 실종되었다. 그 가운데 이 시대
를 치유할 수 있는 시대적 스승은, 이 시대를 이끌어 갈 사표師表는 보이지
않으니 참으로 암담할 뿐이다. 앞서간 순국선열과 조상 뵙기가 부끄러울 따
름이다.

중화회통中和會通이란? 사실을 바탕으로 진실을 기준삼는 시대정신을 말
한다. 또 공리적公利的 결실을 원칙적으로 추구하면서 이를 토대로 중화로
회통하여 국론통일과 국민화합및 반목갈등을 청산하는 시대정신을 말한다.

우파와 좌파 보수와 진보의 두 이념에 지배되면 망국의 우를 범하는 것은
자명한 사실이다. 이를 극복하지 못하고 반목과 투쟁으로 일관한다면 필연
적으로 망국의 종말을 가져오고 말 것이다.

따라서 부재우파 부재좌파의 이변부재로 두 이념의 편견과 극단을 지양하
고 차원 높은 통일체로 중화회통하여야 한다. 그래야만 비약적 도약을 가져
와서 국민통합과 한반도통일 그리고 한반도 문명권 시대를 여는 것이 이
시대의 올바른 시대정신인 것이다.

11. 한반도통일은 대박大朴이다

1) 독일통일의 주역主役들과의 대화

 2011년 5월 14일 이명박 전 대통령이 독일을 방문하여 독일통일의 주역이라는 콜 총리을 포함해서 5명의 장관들과 한반도 통일에 관한 대화를 나눈바 있다. 이들은 진정어린 교훈임을 강조하면서 다음과 같은 충고와 자문을 통하여 응답해 주었다.

첫째, 통일에 대해서 항상 준비하고 생각하라.

둘째, 가장 중요한 통일의 열쇠는 한민족이라는 동족의식을 잊지 말라.

셋째, 든든한 우방국가 확보와 주변 관계국의 협조를 구하라.

문제는 콜 총리가 독일통일 1주일 전 동독을 방문할 때까지도 독일이 통일

될 것을 몰랐다는 사실이다. 이는 통일은 갑자기 온다는 교훈을 대한민국도 잊지 말고 준비해야 한다고 의미심장한 충고와 자문으로 응답해 주었다.

우리는 이 교훈을 잊지 말고 상기하면서 분단이 오래 되면 반드시 통일이 되고[分久必合], 통일이 오래되면 반드시 분단된다[合久必分]는 천지도리인 음양순환원리陰陽循環原理를 잊지 말아야 할 것이다.

2) 한반도 통일은 대박大朴이다

① 한반도 통일과 물류거점物類據點

한반도가 통일될 경우에 대륙의 동쪽광야에서 한반도시대가 만개滿開할 전망이 확실하게 전개될 것이다. 러시아 블라디보스토크에서 동쪽으로 180km 떨어진 나홋카시 보스토치니 항구의 육상해상물류의 범람현상이 가르쳐 주는 교훈은 무엇일까?

특히 2014년 1월 1일부터 시행되는 한·러 상호무비자협정에 따른 경제 활성화의 기대감이 고조될 전망이다. 2012년 한·러 항공편 이용승객수가 19만여 명인 점을 감안할 때 만약 여기에 철도가 연결되면 기하급수적으로 늘어날 전망이다. 지금 보스토치니 항구가 하는 역할은 부산항으로 이전되고 한

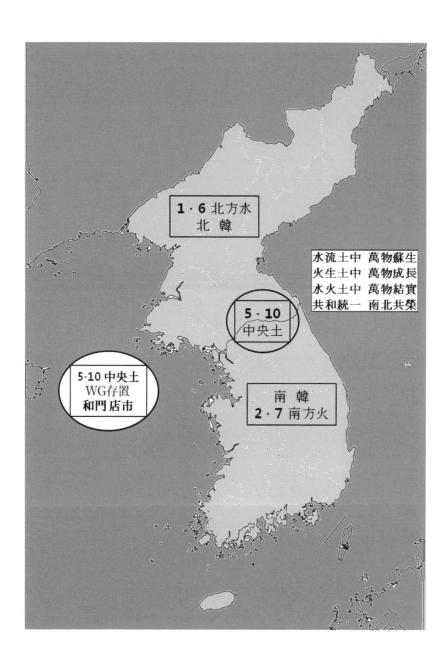

반도의 동서 철도는 앞으로 유럽으로 연결되는 물류거점으로 부상될 전망이 확실시될 것이다.

이는 실크로드 익스프레스[SRX유라시아철도]가 현실화되어 한반도 종단철도[TKR부산-나진]와 시베리아횡단철도[TSR]와 연결되면 물류, 관광, 자원, 외교 등을 통해 한반도는 비약적으로 발전할 전망이 예상된다. 부산에서 유럽을 컨테이너선船으로 이동하게 되면 30일 내지 33일이 소요되지만 SRX(유라시아철도)를 이용하면 10일 정도 단축될 전망이다.

② 철鐵의 실크로드(부산-러시아-유럽)연결시
   부산항은 동북아 물류 허브로 부상될 전망

1877년(19세기) 독일의 지질학자 페르디난트 리히트호펜은 중국 신강新疆에서 중앙아세아를 통과하는 국제교역로를 실크로드Silk Road라 명명했다. 박근혜 정부는 2013년 10월 8일 유라시아 이니셔티브를 제안(11월 13일)하며 북한과 러시아가 합작한 나진과 하산 철도프로젝트에 한국이 동참할 것을 합의했다. 1916년 러시아가 시베리아 횡단철도(9,297km)를 연결한 지 1세기 만이고 2000년 6·15 남북공동선언 이후 남북한 철도연결사업이 공론한 지 13년만이다.

철의 실크로드사업(SRX)은 한반도종단철도(TKR)와 시베리아횡단철도(TSR), 중국횡단철도(TCR), 몽골횡단철도(TMGR)로 연결될 때 한반도에서 유럽까지 최단거리로 연결된다. 그렇게 되면 한국이 명실상부한 아시아·태평양시대의 세계경제중심지역으로 부상될 전망이다.

TKR(한반도종단철도) 노선이 TSR(시베리아종단철도) 노선과 연결가능 노선은 2개축이다.

첫째 노선은 부산, 목포에서 서울을 경유하여 철원까지 경부·경원로선 533km와 북한의 평강-청진-두만강으로 연결되는 749km와 합한 1,313km의 경부·경원선축이다.

둘째 노선은 부산-포항-삼척-강릉-제진까지 470km와 북한의 원산-나진-두만강까지 781km를 합한 1,351km의 동해선축이다. 이중에 포항-삼척 165.8km는 2018년 개통 목표로 건설중이다. 지금 러시아 나홋카시 보스토치니 항구는 러시아 석탄 20%의 수출통로 역할을 담당하고 있음을 주시하면서 우리의 미래를 설계해야 할 시점에 와 있음을 명심해야 한다.

③ 골드만삭스의 통일 한반도 전망

골드만삭스의 통일 한반도에 대한 연구결과는 한반도가 통일된 후 40년 안에 독일과 일본을 추월할 전망을 예견하고 있다. 골드만 삭스의 연구에 의하면 남한의 자본과 기술력, 북한의 노동력과 천연자원이 결합한 통일 한반도의 경제가 독일과 일본 등의 주요 선진국을 앞지를 것이라는 분석이 나왔다.

골드만삭스 증권은 남한과 북한이 통일되면 30~40년 안에 국민총생산

(GDP) 규모가 프랑스와 독일, 일본 등 주요 G7국을 추월할 것이라고 전망했다. 골드만삭스는 우선 전쟁과 막대한 통일 비용, 북한의 권력 승계 전망 등의 대북리스크가 한반도 주변 지역 경제에 중요한 변수라고 지적했다.

최근 북한의 성장이 정체되고 계획경제가 붕괴 직전이시만 이를 과소평가해서는 안 된다. 겉보기에는 다소 왜소하게 보일지라도 외국의 자료와 분석에 의하면 풍부한 인력과 천연자원, 이에 포함되는 지하자원 등 막대한 잠재력을 보유하고 있다. 통일 후 이러한 북한의 잠재력이 실현되면 달러 기준으로 30~40년 안에 프랑스와 독일은 물론 일본까지 앞설 것이라고 예상했다.

북한의 1인당 소득(Per Capita Income)은 2008년 기준 1100달러 수준으로 베트남과 인도와 비슷하고 중국의 3분의 1 수준이다. 그리고 인구의 37%가 농촌 지역에 집중돼 있다. 골드만삭스는 이러한 북한의 노동력 현황은 남한의 1970년 수준으로 향후 남북한 경제가 통합됐을 때 산업인력을 제공하는 역할을 할 것이라고 평가했다.

북한은 남한과 달리 석탄과 우라늄 등의 풍부한 천연자원을 보유하고 있는 점을 주목해야 한다고 말했다. 골드만삭스는 북한에 앞으로 40년간 쓸 수 있는 양의 천연자원이 매장돼 있고 이를 현재 순가치로 평가하면 북한 GDP의 18배에 달한다고 분석했다. 특히 에너지와 천연자원의 97%를 수입하고 있는 남한이 필요로 하는 6개 전략적 천연자원의 대부분이 북한에 있다고 설명했다.

이러한 북한의 노동력과 천연자원이 남한의 자본과 기술과 결합했을 때의 시너지 효과는 통일한국에 이르면 생산성 면에서 큰 이익을 낼 것이라고 내다봤다.

또한 골드만삭스는 한반도 통일 과정에 대해 급격한 통합으로 많은 비용을 지출한 독일식 통일보다는 중국과 홍콩과 유사한 방식의 점진적 통합으로 이뤄질 것으로 예상했다. 통일비용 또한 적절한 정책들이 마련된다면 감내할 수 있는 적절한 수준으로 감축할 수 있을 것이라고 주장했다.

한반도가 통일될 경우 2050년 대한민국은 세계 2위의 GDP국가가 된다고 2005년 골드만삭스와 프랑스 미래학자 기소르망은 전망했다. 단 지금처럼 남북한이 이전투구의 기싸움을 벌릴 경우 오히려 1994년의 GDP 9,000불 시대로 퇴락한다고 경고했다.

세상을 보는 데는 3가지 눈이 있다고 한다. 첫째 독수리눈이요, 둘째 오리 눈이며, 셋째 곤충의 눈이 있다고 한다.

곤충의 눈은 자신과 가족을 보는 눈이고 오리의 눈은 자신의 지역사회와 정치집단 및 정부를 보는 눈이라고 한다. 마지막으로 독수리의 눈은 미래 트랜드(trend방향)와 한반도 및 동아세아와 유라시아(유럽과 아시아대륙)

의 세계를 보는 눈이 있다고 한다.

 이제 우리국민들은 독수리의 눈으로 세계를 내다보면서 수난사로 점철된 우리역사의 고통의 껍질을 과감히 탈피하여야 한다. 한반도의 본체를 중심하고 좌우 양 날개를 통합하여 웅비하고 비약하는 고진감래苦盡甘來의 결정적 계기로 삼는 지혜를 유감없이 발휘해야 할 것이다.

 그러기 위해서는 이 시대의 시대정신인 국민화합과 남북통일의 시대정신을 구현하여 반목과 갈등, 대립과 투쟁의 난맥상을 과감히 청산해야 한다. 그렇게 한 후 이를 승화시켜 정제된 국민정신과 시대정신을 발휘해야 한다. 그리고 이에 부합하는 지도자들을 선출하여 국정에 참여 시키는 주권재민의 헌법정신을 발휘해야 할 것이다.

12. 한반도의 미래를 예언한 예언가들

1) 릭 조이너(미국인 목사, 예언 사역자)

 한반도는 장차 전 세계에서 가장 중요한 전략적 요충지 중 하나가 될 것이다. 북한에 놀라운 변화의 문들이 열리게 될 것이며, 두 개의 분단된 국가가 재결합하는 역사가 일어나게 될 것이다. 그 때 한국은 영적인 면에서나 경제적인 면에서 지구상 국가들 중 가장 강력한 국가의 하나가 될 것이다.

2) 체안(중국인 목사, 예언 사역자)

 제가 기도할 때 하느님께서 비전을 보여 주셨습니다.
 하느님께서 한반도 위에 하느님의 숨결을 보이시고, 그 숨결이 강력한 바람이 되어서 중국까지 계속 날아가고 있는 것을 보았습니다. 그렇게 되면 곧 모든 아시아 대륙과 전 세계는 그 바람이 뒤덮여져서 하느님이 축복하는 영광된 곳임을 보았습니다.

3) 폴 케네디교수(미래 역사학자)

미국의 세계적인 미래역사학자 '폴 케네디' 교수는 "21세기는 동북아시대가 될 것이고 그 중심은 일본도, 중국도, 인도도 아닌 대한민국이 될 것이다."고 역설해 일본인들을 놀라게 했다. 대한민국도 아닌 일본에서 열린 세미나에서 이런 발표를 한 폴 케네디 교수의 예견이 무엇을 말하는 것이겠는가.

4) 타고르 시인의 동방의 등불

일찍이 아시아의 황금시기에
빛나던 등불의 하나인 코리아
그 등불 다시 한 번 켜지는 날에
너는 동방의 밝은 빛이 되리라.
마음에 두려움이 없고
머리는 높이 쳐들린 곳,
지식은 자유롭고
좁다란 담벽으로 세계가 조각조각 갈라지지 않은 곳,
진실의 깊은 속에서 말씀이 솟아나는 곳,

끊임없는 노력이 완성을 향해 팔을 벌리는 곳,

지성의 맑은 흐름이 굳어진 습관의 모래벌판에 길 잃지 않은 곳,

무한히 퍼져 나가는 생각과 행동으로 우리들의 마음이 인도되는 곳,

그러한 자유의 천당(천국)으로

나의 마음의 조국 코리아여 깨어나소서.

13. 한반도 국민의 사명과 책임

1) 한반도의 사명과 책임

 한반도는 인류평화의 찬란한 전통문화를 보유하고 계승해 온 인류평화 모델국가로서 자부심을 가지고 있다. 이와 함께 앞으로 펼쳐질 태평양시대의 신성한 사명과 책임도 수반하고 있는 것이다.

 따라서 한반도 남북한의 한민족은 그에 걸 맞는 시대정신으로 국민통합과 남북통일을 준비해야 한다. 나아가 한반도 문명권 시대를 개창하는 선도국가적先導國家的인 역할수행이 요구되고 있음을 명심해야 할 것이다.

2) 책임의 의미와 가치

 책임이란 주인이 자기재물을 맡아서 관리한다는 의미(주인主+재물貝=責)가 내포하고 있다. 특히 책임이란 말의 영어는 리스폰시빌리티

Responsibility라고 한다. 이 말의 어원을 살펴보면 '대답하고 응답한다'는 뜻을 지니고 있다.

책임이란 말의 어원이 대답하고 응답한다는 뜻은 참으로 의미심장하다. 왜냐하면 인간은 부르면 응답하는 존재이다. 부르는 것을 호呼라 하고 대답하는 것은 응應이라 한다.

부모가 자식을 부르고, 이웃이 나를 부르고, 사회나 국가가 나를 부른다면 거기에는 분명한 이유가 있을 것이다. 이 부름의 의미를 깊이 반추하고 되새겨 보아야 한다. '왜 나를 부르겠는가?' 그것은 바로 그들이 나를 필요로 하기 때문에 부르는 것이다. 다시 말해 나의 도움, 나의 힘, 나의 참여, 나의 활동이 필요하기 때문에 부르는 것이다.

이 뜻을 가슴 깊이 따져 보아야 하겠다.

1904년 어느 가을날 아침, 30세의 젊은 슈바이처는 슈트라스부르그 대학의 성 토마스 기숙사에서 한 장의 신문을 읽고 있었다.

"지금 아프리카의 오지 콩고지방에서는 하나님의 복음을 전도하려고 해도 이를 보살펴 줄 목사나 의사가 없다. '하나님은 지금 당신을 부르고 있다 God calls you.' 이 부르심에 대답할 분은 안 계십니까?"

이 기사를 접한 책임감이 강한 한 젊은이는 성령聖靈의 깊은 은혜를 입고 기도했다. 그리고 하느님과의 약속을 저버리지 않고 책임의 의미를 깊게 새기게 했다. 그가 바로 뭇 인류의 영원한 스승으로 숭앙받는 성자 슈바이처 박사이다.

슈바이처는 이 신문을 책상에 올려놓고 하늘 앞에 엄숙한 결단의 기도를 하면서 '제가 가겠습니다.'하고 하나님에게 용감하게 응답하였다. 그 후 7년 간의 의학공부를 마치고 1913년 6월 하나님이 부르신 운명의 땅, 사명의 나라 아프리카 람바레네로 떠났다.

그는 그곳에서 90세에 이 세상을 하직할 때까지 52년 동안 흑인들을 위한 사랑과 봉사, 헌신의 생애를 보냈다. 그는 하나님의 부르심에 책임 있게 응답하고 실천하였기에 20세기의 성자聖子라는 칭호를 얻게 되었다.

책임이란 인격의 엄숙한 대답인 것이다. 또 응답에는 성실과 용기가 뒤따르는 것이다. 응답할 줄 모르고 책임질 줄 모르는 자는 성실과 용기가 없기 때문이다. 책임을 포기하는 것이 무책임이요, 책임지지 않고 남에게 미루는 것이 책임전가이며, 책임을 피하는 비겁함이 책임회피인 것이다.

지금 우리 한반도 한민족은 시대정신의 부름과 응답의 시기에 접해 있다. 구한말 주변 열강들의 이해 관계로 분단된 조국강토를 공화통일시대의 역사적 소명召命에 분연히 일어나 그 역할을 분명히 이루어 내야 한다. 시대가 부르고 있다. 하루 빨리 공화통일의 기반을 조성하고 나아가 한반도 문명권시대를 개창開創하여 인류평화 모델국가를 조성해야 한다. 이것이 시대정신의 부름이고 응답인 실천이다. 다시 말해 책임을 다해 달라고 시대가 한반도 한민족을 부르고 있는 것이다. 응답하고 책임질 수 있는 우리를 기다리고 있는 것이다.

3) 미래시대의 산업구조와 3S시대 주도국가

역사정신의 큰 뜻을 마무리하는 대미大尾는 미래의 새로운 세계를 형성해 내는 창조정신이라 했다. 그런데 이 대목은 소위 미래학자들의 주장을 빌리면 미래시대의 산업구조는 '3S시대'라고 주창한다.

3S시대란? 첫째는 스피드Speed시대이고 둘째는 스마트Smart시대이며 셋째는 스몰Small시대를 말한다. 시대를 예측하는 미래학자 대부분은 이를 긍정하고 있다.

다시 말해 영속시대靈速時代, 영민시대靈敏時代, 소간시대小間時代라는 것이다. 미래 산업구조시대가 3S시대라고 할 때 이는 우리 한민족을 위해 펼쳐지는 세계를 대변한 듯이 한민족의 기질과 너무나 대동소이하다. 그런 의미에서 우리 한반도 한민족의 미래가 밝고 천재일우의 기회가 도래했다고 감히 말할 수 있겠다. 그리고 우리에게 능력을 유감없이 발휘할 수 있는 신성장동력新成長動力시대가 희망차게 펼쳐질 전망이라고 확신한다.

 이의 연장선에서 앞으로는 무한동력의 원천적 에너지 개발사업은 첫째 풍력風力, 둘째 광력光力, 셋째 조력潮力 등의 자연을 이용하는 에너지 개발사업이다. 이것이 초고속적으로 발전함으로써 인류공영시대人類共榮時代를 주도할 전망이다.

 특히 금융개벽시대가 도래하면서 은행이 무력화되고 전자화폐가 통용되며 클라우드펀딩이 보편화된다. 또 사물인터넷IOT(Internet Of Things)과 만물인터넷IOE(Internet Of Everything)의 센서칩SC(Senser Chip)개발과 운영체제OS(Operating System)의 경쟁적 개발로 인하여 세계에 무료인터넷 시대가 도래할 것이다.

 더 나아가 VR(Virtual Reality-가상현실想現實), AI(Artificial Inteligence-인공지능人工知能), AR(Augmented Reality-증강현실增强現實)이 급속도로 개발되고 SR(Spirit Reality-영상현실靈想現實) 시대가 금후 15년 이내에 현실화될 가능성이 고조된다.

 그러한 현실이 눈앞에 펼쳐질 경우 종교가 무력화되고 새로운 세상이 펼쳐진다. 그것을 잘 가늠해 보아야 한다. 전생의 실상을 현실화하여 조망眺望해보는 이른바 유무불이有無不二 영육공존靈肉共存의 초특급 변화사회超特急 變化社會가 도래할 전망이다.

이제는 고정관념을 타파하고 사고혁명을 하지 않고서는 도저히 존재하기 어려운 상황을 맞이하게 될 것이다.

4) 未來時代의 産業構造

(1) 3S 時代
  ① Speed 時代 - 靈速時代
  ② Smart 時代 - 靈敏時代
  ③ Small 時代 - 小間時代

(2) 無限動力實用時代 - 風力, 光力, 潮力 等

(3) 過渡的未來時代
  ① 電子貨幣 클라우드펀딩 普遍化時代
  ② 사물인터넷 IoT(Internet Of Things)
  ③ 만물인터넷 IOE(Internet Of Everything)
  ④ 假想現實 VR(Virtual Reality)
  ⑤ 人工知能 AI(Artificial Inteligence)
  ⑥ 增强現實 AR(Augmented Reality)
  ⑦ 靈象現實 SR(Spirit Reality)

※ 센서칩 SC(Senser chip)

運營體系 OS(Operating System)

開發競爭熾烈 - 인터넷無料時代滿開

14. 수출서물首出庶物 만국함령의 한반도

1) 수출서물하여 만국이 함령하다[首出庶物 萬國咸寧]

『주역周易』의 「중천건괘상重天乾卦象」 단전象傳에 이르기를

대재大哉라 건원乾元이여 만물萬物이 자시資始이로다
내통천乃統天하나니라.
크도다! 하늘의 원대함이여 만물이 이를 바탕으로 하여 시작되었으며
이에 하늘을 통섭하느니라.

운행우시雲行雨施하야 품물品物이 유형流形하나니라
구름이 운행하여 비가 내려서 모든 품물에게 흘러들어가 형체를 갖추느니라.

乾道가 變化에 各正性命하나니 保合大化하야 乃利貞하니라
　　건 도　　변화　　각정성명　　　　　　보합대화　　　내 리 정
首出庶物에 萬國이 咸寧하나니라
　　수 출 서 물　　　만 국　　함녕

하늘의 건도가 변화하여 각각 성性과 명命을 바르게 하나니 보전하고 화합해서 이에 이롭고 바르게 하느니라.

모든 만물의 머리가 여기에서 출현하니 온 세계가 편안하느니라.

"여기 「건괘단전」의 말씀 중에 서물庶物 가운데서 머리가 출현한다는 '출出' 자 속에 한반도의 나아갈 비결이 숨겨져 있다는 사실을 알아야 한다. 이른 바 날 출 자는 멧산[山] 자가 상하로 겹쳐져있는 글자로서 방향으로 볼 때 동북방東北方이며 중산간방重山艮方을 말한다. 이곳이 바로 한반도이고 비로소 우리나라 한반도에서 인류평화의 대도가 출현한다는 비결이 은장隱藏되어 있다는 『주역』의 비결을 한반도의 비전으로 깨달아야 할 것이다."

2) 한반도의 남북분단과 수화토구조도책水火土構造圖策

위에서 이미 언급한 대로 한반도의 분단배경을 역사적인 상황을 근거로 하여 진지하게 고찰해 보았다. 이 속에도 단순한 생극生剋으로 끝나지 않고 중앙 토土의 역할이 부각되어 마무리 된다.

전쟁의 진행상황을 복기해 보자. 1950년 북한의 6·25남침이 감행되면서 북방 수水가 남방 화火를 수극화水剋火하여 소위 북한에 의해 적화통일 일보직전까지 도달하기에 이르렀다. 그러나 곧 이어서 유엔군의 9·15 인천상륙 작전이 감행되어 수극화는 물거품이 되었다. 오히려 남한이 북진통일 직전상황까지 진행되는 상황이 연출되었다.

1950년 11월 2일 장진호격전은 드디어 흥남철수를 단행하게 되었고 1951년 1·4후퇴 이후 재 진격과정에서 1953년 휴전협정체결로 합의되었다. 그로 인하여 오늘날의 남북분단 경계선이 성립되어 38선을 중심삼고 남북한 4㎞의 비무장지대DMZ가 발생하게 되었다.

본 저자는 이런 특이한 현상이 한반도에서 발생하게 된 배경을 오랜 세월 동안 모든 경우의 수를 대입하여 풀어 보았다. 이 퍼즐은 단순한 것이 아니었다. 많은 동서양의 석학들의 견해, 그들의 저서, 세계전쟁사, 세계역사 등 동서고금의 많은 사례와 조언, 관련도서를 참고하였다. 이를 통해 다소의 도움은 얻었지만 그 해결책은 찾지 못했다. 그러던 중 『주역』을 비롯한 역사와 천리운행원리를 탐구하는 과정에서 한반도의 지정학적 위치와 우주의 시간적 공간적 흐름을 알게 되었다. 그 한 부분으로서 한반도와 그 주변의 상황과 배경 그리고 역할을 살펴보았다. 이를 더 좁혀서 북방수 역할자 北方水 役割者인 북한과 남방화 역할자南方火 役割者인 남한을 새롭게 조명했다. 여기서 더 나아가 분단되면서 중앙토 역할자中央土 役割者로서 비무장지대(DMZ)가 발생한 배경에 천지의 운행도수와 비결이 숨어 있지 않겠나 하는 막연한 의문을 해 보았다.

이것이 밑바탕이 되어 우주는 음양으로 창조되고 오행으로 변화 운용하며 이 영존법칙으로 순환반복한다는 원리를 체득하게 되었다. 하여 이러한 영원무궁하는 원리법칙原理法則을 깨닫게 되면서 내 나름의 하나님 관을 정립하게 되었다.

 따라서 하나님은 우주를 창조하신 음양가陰陽家이시고 동서남북, 춘하추동과 오방五方으로 운행하시는 오궁가五宮家이시며 또한 영원무궁하시는 순환가循環家로서 삼가일문三家一門의 수장首長이신 것을 지각하게 되었다.

 그렇기 때문에 이러한 법도에 의거해 볼 때 한반도는 우주창조의 시원문화始元文化의 선도적 사명국使命國으로 일왈수一曰水의 북한국과 이왈화二曰火의 남한국과 중왈토中曰土인 비무장지대로 분단된 배경을 궁구窮究하게 된 것이다.

3) 비무장지대의 역할과 세계정부 수립

한반도의 남북분단의 경계선 역할을 하는 비무장지대의 DMZ는 분단경계선 역할로 그 사명을 다할 것인가?

그렇다면 남한에서 지향하는 평화통일로

포괄되는 실질적인 흡수통일이나 북한의 연방제통일로 포괄되는 적화통일이 이루어지면 비무장지대DMZ는 그 사명과 책임을 완수하고 역사속으로 사라지고 말 것인가?

 서로가 각자 주장하는 평화통일이나 적화통일은 대승적으로 서로가 포기해야 한다. 어느 한 쪽에서 주장하는 평화통일이라고 내세우는 흡수통일이나 다른 한쪽의 연방제통일로 대변되는 적화통일은 서로의 바램이지 실행에는 많은 어려움과 엄청난 피해가 따른다. 이제 각자가 주장하는 많은 전략 전술적 접근은 서로가 지양해야 한다. 얼마나 오랫동안 돌이킬 수 없는 소모적 시간을 소모했나. 이제 서로서로가 상대방의 수를 다 읽고 있다. 그리고 실지 어느 한쪽으로 통일이 된다고 해도 적자생존의 논리로 이뤄지는 것이므로 물리적 피해나 통일비용이 어마어미하게 든다. 그래서 서로가 자존심을 세워주고 서로 공존 상생하는 비법을 도출하지 않으면 서로의 피해가 너무 막대하고 세계평화에 역행하는 것이다.

 그리고 마지막으로 남은 중앙 토土의 역할에 대해서 중지衆志를 모았으면 한다. 그런 측면에서 본 저자가 궁구하여 지각하고 탐구해온 소신을 피력해 볼까 한다. 이것은 통일의 방법과 추후 해결방향, 그리고 세계평화의 단초를 놓는 초석이라고 사료되어 한번 진지하게 토론했으면 한다. 그리고 본인이 70평생 득도를 위한 인생여로의 노력에서 출산한 결실이라 의미도 깊다.

 중앙 토인 비무장지대의 존치배경은 여기에서 끝나는 것이 아니라 이제부터 그 역할을 찾아야 한다. 1945년 10월 인류평화의 기치를 내걸고 출범한 유엔UN이 70년이 되는 2015년을 경계선으로 대한민국 출신의 관리가 유엔 사무총장 역할을 수행하고 있는 의미를 되새겨 보자.

 그런 분위기를 가지고 사명과 책임을 완수하고 있는 것은 새로운 유엔기능을 수행하라는 준엄한 하나님의 계시가 아닐까? 그런 의미에서 금후 2018년부터 2033년 내로 유엔은 그 사명을 다하고 새로운 세계조직으로 재편된다는 신호탄이 아닐까? 이것이야 말로 우주운행의 순환원리로 전망하게 되는 무언의 메시지인 것이다! 그것이 세계정부시대의 출범이고 그 세계정부 WG가 들어설 수 있는 적재적소가 한반도의 분단의 경계선 역할을 하고 있는 비무장지대가 아닐까?

 또한 이런 일련의 사항이 국제금융허브로 등장할 지역도 하나님이 한반도에 준비해두고 있음을 은연중에 암시하는 제스처가 아닐까 본 저자는 생각한다.

 국제금융허브센터가 정착할 수 있는 필수조건은 첫째 공정성의 지역국가이며 둘째 투명성의 지역국가이고, 셋째 보익성을 발휘할 수 있는 지역국가이다. 그런 국가만이 국제금융허브센터를 유치할 수 있는 필수조건을 갖춘 나라와 국민이 될 수 있다.

 특히 우리나라는 세계에서 최단기간 내에 산업화를 일궈낸 업적을 보유한

나라이며 또한 가장 빠른 기간 내에 IMF의 채무변제를 이룩한 나라이다. 이
러한 성실한 국가와 국민으로서 국제금융허브센터를 유치할 수 있는 자질
을 겸비한 지역국가이다.

15. 『주역周易』 수리학의 원리원칙

1) 수리원칙이 태동胎動하게 된 배경

수리원칙이 태동하게 된 배경은 창조주의 천지 음양창조와 동시에 태동하게 된 것이다. 하나님의 우주창조 화획도책畵畵圖策을 통틀어서 관조해 보면 첫째 음양陰陽 창조원리원칙創造原理이요, 둘째 오기五氣 운행원리원칙運行原理原則이며, 셋째 순환循環 반복원리원칙反復原理原則인 것이다.

따라서 수리원칙도 창조주의 우주창조와 궤를 같이 하고 동시에 함께 태동하고 시발始發한 것이다. 그러하기 때문에 천리天理는 곧 천수天數이며 지리地理는 지수地數이며 인리人理는 인수人數인 것이다.

여기에서 이수동일원칙理數同一原則이 성립되는 것이다. 다시 말하면 우주만물은 이도理道인 동시에 수리數理인 것인 것이다. 우리가 흔히 말하고 있는 수타령數打令 그 자체인 것이다.

본 저자는 수리학(數理學)의 근원을 알기위하여 오랫동안 집중해서 탐구하였고 심혈을 기울여 연구해 왔다. 그 결과 수리학은 천리학으로부터 싹이 터서 물리학의 효시嚆矢가 되었다는 사실을 알게 되었다. 다시 설명해 보면 수리학은 음양수리陰陽數理이고 변화수리變化數理이며 순환수리循環數理인 것이다.

2) 수리학의 고전적古典的 고찰

『천부경天符經』에서 일시무시일 일종무종일 천일일 지일이 인일삼 대삼합육一始无始一 一終無終一 天一一 地一二 人一三 大三合六 일적십거一積十鉅라 하고 또한 천이삼 지이삼 인이삼 대삼합육 天二三 地二三 人二三 大三合六이라 설파하였다.

다시 말해 우주창조는 1태극과 0무극으로부터 시원始元해서 마치는 시종始終과 종시終始의 원리가 1과 0으로서 성립되는 것이다. 따라서 하늘은 첫째이며 1수一數이고 땅은 둘째이고 2수二數이며 사람은 셋째이고 3수三數이니 천지인天地人을 통합하면 3수이면서 동시에 6수라고 천명闡明하신 것이다.

또한 『주역周易』 「계사전繫辭典」 9장九章에서 천일 지이 천삼 지사 천오 지육 천칠 지팔 천구 지십天一 地二 天三 地四 天五 地六 天七 地八 天九 地十이니 천수가 5이오 지수가 5이니 오위상득하며 이각유합하니 천수가 이이십유오이오 지수가 삼십이라 범천지지수가 오십유오이니 차가 소이성변화하며 이행귀신야 天數 五 天數 五 地數 五 五位相得 而各有合 天數 二十有五 地數 三十 凡 天地之數 五十有五 此 所以成變化 而行鬼神也 니라고 설파하셨다.

3) 자연수自然數의 개념

자연수의 개념을 일반적 시각으로 고찰해 보면 모든 사물의 질량을 계산하고 측정하는 수단방법이라고 볼 수 있다. 그러나 이를 철학적이며 정명학적正名學的인 시각으로 고찰해 볼 때는 수는 사물의 기미幾微이며 또한 유무의 변화상變化象이고 단다單多의 운동현상運動現象인 것이다.

우리가 우주의 시공간時空間에서 변화하는 사물의 상象을 살펴보면 미묘막칙微妙莫測하고 변화무쌍變化無雙하여 그 유래를 찾아내기가 어렵다. 하지만 자세히 고찰해 보면 징조나 기미가 필연적으로 잠복潛伏하고 있는 것을 알 수 있다.

이 지점이 수의 근원이며 수의 창조점이며 만물의 시원점始元點인 것이다.

우주존재의 각종 양상이나 모든 사물의 변화상이나 상象과 형形의 분합작용分合作用의 모든 원인도 수리철학에서 대두擡頭되고 있다는 사실을 인지해야 할 것이다.

4) 자연수리의 성립근원

모든 자연의 물질적인 자연현상은 그 존재의 내용을 기미나 징조를 상象으로서 표현하고 있다. 따라서 수는 상의 내용을 증명하는 상의 영사체映寫體이며 거울[鏡]과 같은 역할을 하는 것이다.

『주역』을 상수학象數學이라 이르는 것도 여기에서 발원한 것이다. 자연수는 상득수相得數와 상합수相合數로 대별하는데 상득수의 서열序列이 1.2.3.4.5.6.7.8.9.10의 순으로 구성되었다면 상합수는 1·6북방 수, 2·7남방 화, 3·8동방 목, 4·9서방 금, 5·10중앙 토로서 구성된 것이다.

따라서 상합수리에서 창조와 발전 변화가 성립되는 것이다. 이와 같이 수리數理에는 인위적인 것이 아니라 자연질서 자체의 표현이기 때문에 추호도 거짓이 없는 진실 그 자체인 것이다. 따라서 수리는 진실성과 공정성, 사실성의 대명사가 될 수 있는 것이다.

5) 자연수의 선천수先天數 생수生數와 후천수後天數 성수

成數의 성립

 자연수는 선천수 생수구조生數構造와 후천수 성수구조成數構造로 성립
된다. 선천수 생수구조는 1.2.3.4.5의 서열로서 5수합 15수이며 후천수의 성
수구조는 6.7.8.9.10 서열로서 5수합 40수가 성립됨으로써 선후천 생성수生
成數의 총합이 55수가 되는 것이다.

 따라서 상득수는 우주 내 만단萬端의 수리법칙의 기준으로서 1수가 중
심이 되어 상승한다. 그리고 나음과 같이 1+1=2, 1+2=3, 1+3=4, 1+4=5,
1+5=6, 1+6=7, 1+7=8, 1+8=9, 1+9=10의 서열로 구성되는 것이다.

 우주를 창조하신 창조주 하나님은 음양陰陽으로 창조하시고 오기[五氣-五
行]로서 운행하고 변화한다. 그리고 이러한 자연법칙을 원리원칙으로 영원
무궁 순환반복하며 영존하고 주관하시는 것이다.

 이러한 창조법칙의 창조, 운행, 순환원리에 의거해 볼 때 수리도책數理圖
策 또한 선후천 상합수인 1·6북방수北方水 2·7남방화南方火 3·8동방목東
方木 4·9서방금西方金 5·10중앙토中央土를 통하여 창조하고 운행하며 순
환반복하시는 것이다.

 따라서 선천수 생수구조는 1수 중심으로 구성되기 때문에 1+1=2, 1+2=3,
1+3=4, 1+4=5수로 성립되지만 후천수 성수구조는 5수가 중심이되어 주도

하기 때문에 5+1=6, 5+2=7, 5+3=8, 5+4=9, 5+5=10수의 서열로 성립되는 것이다.

 이러한 선천수 생수인 1.2.3.4.5 수의 특성을 조명해 보면,

1수는 양수독양陽數獨陽이며 태극수太極數이고 전체대표수全體代表數) 이며 통일본체수統一本體數이다.

2수는 음수독음陰數獨陰이며 분열본체수分裂本體數이다.

3수는 양수陽數며 음양합성수陰陽合成數이다.

4수는 음수陰數이며 사방국수四方局數이다.

5수는 양수陽數이며 중앙조화수中央調和數이고 변화발전수이다.

6) 천양수天陽數와 지음수地陰數, 인화수人和數 구조

① 천양수天陽數 구조

   1.3.7.9 = 20, 11.13.17.19 = 60, 21.23.27.29 = 100,

   31.33.37.39 = 140, 41.43.47.49 = 180, 51.53 = 104

   천양수 총합 20 + 60 + 100 + 140 + 180 + 104 = 604 (22個數)

② 지음수地陰數 구조

   2.4.6.8 = 20, 12.14.16.18 = 60, 22.24.26.28 = 100,

   32.34.36.38. = 140, 42.44.46.48 = 180 5254 = 106

지음수 총합 20 + 60 + 100 + 140 + 180 + 106 = 606 (22個數)

③ 인화수人和數 구조

5.10.15.20.25.30.35.40.45.50.55 = 330 (11個數)

④ 천지인天地人 총수總合數

604 + 606 + 330 = 1540 (55個數)

⑤ 천지인天地人 기본수基本數

㉠ 천리기본수天理基本數 - 7.2대수大數

㉡ 지리기본수地理基本數 - 5대수大數

㉢ 인리기본수人理基本數 - 3대수大數

㉣ 천리기본수 7수 용사用事 0.2수 불용수[黃極不語數]

선천계 5000년을 『주역』의 상수학에서 뽑았다. 이것을 본 저자가 도표화 하였다. 여기까지는 인간의 역사이다.

후천계 5000년을 『주역』 상수학에서 뽑았다. 이것도 본 저자가 도표화 하였다. 이 이후는 하늘의 역사가 적용되는 구간이다. 여기까지 뽑고 몇날 며칠 혼수상태에 빠졌다가 구사일생으로 천국을 보고 깨어났다. 하느님의 영역은 침범하는 것이 아니라는 것을 선지식에게 전해들었다.

16. 수리학으로 본 한반도의 미래구조

1) 1년원칙의 수리학적 근거

위에서 언급한 대로 천리 기본수리가 7.2대수 원칙과 땅의 기본수리가 5대수 원칙이 천지운행에 적용되는 수리도책數理圖策의 기본원칙으로 적용돼 있다는 관점을 지각하여야 할 것이다.

그런 차원에서 지구성은 5단계 수리권數理圈으로 운행되고 있는 것이다. 일단계一段階는 1년권一年圈이며 2단계는 10년권이고 3단계는 100년권이며 4단계는 1,000년권이요, 5단계는 10,000년권으로 운행되면서 주관主管하고 있는 것이다. 따라서 1년권의 성립원칙을 통관하게 되면 만년권萬年圈의 미래구조未來構造를 손바닥 보듯이 일장一掌 중中에 할 수 있는 것이다.

이미 윗장에서 논술한 대로 1년의 성립조건은 5일 1후候를 기준으로 하여

3후候 15일이 1기一氣가 되고 3기三氣 45일이 1절一節이요 2절二節 90일이 1계一季가 됨으로서 1년은 72후七十二候 24기二十四氣, 팔절八節은 4계四季로서 360일의 정중수正中數가 성립된다. 양력은 정중수에서 5일상승上昇하여 365일이 성립되고 음력은 6일 하강下降하여 354일이 된다. 때문에 음양력陰陽曆의 일수차日數差가 11일(5+6=11)이 되므로 말미암아 이를 조율調律하기 위해 3년마다 1윤一閏을 두고 9년에는 1년 1윤1年 1閏을 두고 우리가 쓰고 있는 달력曆道이 이루어지는 것이다.

이 모두의 워리는 해와 달이 7.2대원칙의 천리도수외天理度數 5대 원칙의 지리도수地理度數에 의거해서 성립되는 것이다

2) 한반도의 미래도책未來圖策

1년권은 후기절계년候氣節季年의 원리원칙으로 성립되지만 10년, 100년, 1000년, 10000년권은 춘하추동 4시원칙과 수화목금토 오기원칙[五氣原則-五行原則]으로 조판肇判하게 되는 것이다.

따라서 10000년을 4계절의 4수로 나누게 되면 한 계절권季節圈이 2500년이 되는 것이며 또 10000년권을 5행의 5수로 나누게 되면 한 계절권季節圈이 2000년이 되는 것이다.

여기에서 500년(2500-2000=500)의 차이점은 예컨대 봄절기에서 여름절기로 변화하는 중립절기中立節氣 기능을 담당하게 된다.

다시 말하면 1년원칙에서 3월 6월 9월 12월의 기능을 담당하는 중립적인 조화절기調和節氣인 것이다.

3) 한반도의 미래전망

위에서 논술한 것과 같이 지구성의 만년주관권萬年主管圈을 넘게 되면 이제부터는 태양성주관권太陽星主管圈으로 넘어가게 된다. 여기에서 알아야 할 과제는 태양성의 1년권이 지구시간 개념으로 몇 년인가를 알아야만 한반도의 미래를 전망하고 예측할 수 있을 것이다. 왜냐하면 한반도는 지구성의 시원국가이기 때문에 태양성 운행법칙과 직접적인 관계가 있기 때문이다.

태양성의 1년권을 산출하는 근거는 지구성의 1년의 정중수 360의 기본수리인 36수의 도출근거를 알아야 할 것이다.

이미 언급한 바와 같이 천리기본수리가 7.2대수와 지리기본수리가 5대수이라면 7.2×5=36수가 성립되는 것이다. 36수를 6단계로 상승하면 (36.72.108.144.180.216) 216수가 성립되는데 이 수리는 천리기본수리 7.2

대수×천지인3수 곱하면 21.6수가 도출되는 근거와 일치되는 것이다.

태양성 1년권수리는 216×지구성 3단계수 100년수를 곱하면 21,600년이 성립되는데 이 수리가 태양성의 1년이며 21,600년을 4계수로 나누면 태양계 한계절권이 5,400년이 된다. 더 나아가 21,600년을 5행수로 나누면 한계절권이 4,320년이 되는 것이다. 여기에서 1,080년(5400년-4320년=1080년)은 중립적인 조화절기인 것이다.

이제 태양성의 한계절권이 4320년이라면 우리나라의 단기 4320년은 서기로 환산하면 1987년[4320년-2333년=1987년]이요, 1988년은 단기로 4321년으로서 하계올림픽을 유치하였다. 따라서 4321년에 5륜을 합수하여 역수로 배열하면 1,2,3,4,5수가 성립되고 이 수를 합산하면 15수가 성립되기 때문에 우리나라는 15년마다 1988년 하계 월드컵, 2018년 동계올림픽이 유치된 것이다. 그 사이에 2002년에 월드컵 세계대회가 열렸다[1988년에 15를 더하면 2003년이 되는데 법수가 2002년이므로 그 해 2002년에 축구 월드컵을 유치].

여기서 계속해서 유추해 보면 2018년에서 15수를 더하면 2033년이 된다. 여기서는 하늘의 수 7수[천지인 3수와 춘하추동, 동서남북 4수의 결합]와 15수가 동시에 적용된다. 해방년인 1945년에 70수를 더하면 2015년이 되고 1948년에 70수를 더하면 2018년이 된다. 2015년과 2018년은 국가의 운이 대변혁을 이루는 해이다.

따라서 대한민국 해방년인 1945년에 70수를 합하면 2015년이 되는데 이 해부터 2018년에 15수를 합한 2033년 안에 남북한이 통일에 상응하는 국운 國運의 대 횡재橫材가 작용한다는 것이다.

1988년 이후 60년이 되는 2048년이 경과하면 한반도는 G2국가 반열에 진 입할 것으로 전망해볼 수 있는 것이다. 다만 한반도가 공화통일이 실현될 때만이 큰 뜻을 이룰 수 있을 것이다. 하늘은 의지가 있고 노력을 하는 자만 스스로 돕는다. 이 기회를 놓치지 않기를 단군전檀君殿에 빌어 본다.

17. 치가治家와 치국治國의 공동원칙

1) 가정家庭의 의미

 가화만사성家和萬事成이란 말은 우리 모두가 평소 자주 듣고 잘 알고 있는 말이다. 이 말을 역으로 해석하면 가정이 불화하면 만사가 이루어 질 수 없다[家不和萬事不成]는 말이다. 가장 평범한 이론이라 삼척동자도 잘 알고 있지만 80살 먹은 성인들도 제대로 지키지 않고 있다.

 따라서 만사가성萬事可成의 대도는 가정화합으로부터 시발한다는 지극히 간단하고 소박한 이치를 우리는 혹시 잊어버리고 살지 않을까? 돌이켜 볼 일이다. 인간은 사회적 동물이라고 한다. 이 말은 인간 혼자 이 세상을 살 수 없고 서로 관계를 맺으며 살아간다는 것이다. 이렇게 가정을 이루고 사회를 이루고 국가를 형성하고 세계를 구성해 나가는 것이 인간이다. 그래서 가정은 사회를 구성하는 가장 최소의 단위이고 이 가정을 화목하게 이루어야 만사가 형통한다는 것이다. 가장 평범한 이야기임에도 우리 인간은 이를 가장 소홀하게 다루어 간다는 넌센스를 지적한 것이다.

또 이 말을 보다 크게 확대해석하면 가정은 사회, 국가, 세계의 원초적인 기반이기 때문에 가정화합은 사회, 국가, 세계의 안정과 평화, 번영과 발전의 근원이 가정화합으로부터 시발된다는 말이기도 하다.

이런 차원에서 가정의 중요성을 재인식하고 또한 국가사회와 인류평화에 직결된다는 만고불변의 평범한 이치를 재고再考하면서 점검하고 확인해 보자는 것이다. 사회와 국가 나아가서 세상의 평화를 위해 가정 구성원 서로서로가 대화와 화합으로 새로운 세계를 창조해 보자.

2) 가정의 유래

그러면 여기서 가정은 어디로부터 유래하였기에 가정의 화합과 가정의 행복이 인류평화와 번영발전의 시발동기가 되는 것인가? 그 이유와 근거를 분명하게 알아야 이 물음에 대한 답이 될 것이다.

결론부터 말하면 가정의 근원은 우주를 창조한 천지부모로부터 태동胎動되었다는 사실이다.

그 근거를 『주역』에서는 자세하게 언급하고 있다. 『주역』의 「설괘

전」에 이르기를 천지가 있은 연후에 만물이 있었고 만물이 있은 연후에 남녀가 있었다. 남녀가 있은 연후에 부부가 있었고 부부가 있은 연후에 부자가 있었다. 부자가 있은 연후에 군신이 있었고 군신이 있은 연후에 상하가 있었다. 그리고 상하가 있은 연후에 예의를 두게 되었다고 설파하고 있다.

有天地然後有萬物 有萬物然後有男女 有男女然後有夫婦
有夫婦然後有父子 有父子然後有君臣 有君臣然後有上下
有上下然後禮義有所錯

이 말을 음미해 보면 천지와 부부, 가정과 국가, 상하와 예의가 천지도리에서 유래되었다는 이치를 간파할 수 있다.

여기에서 하나님 가정을 유추類推해 볼 필요성이 제기된다. 왜냐하면 인간, 가정, 사회, 국가, 세계가 하나님 가정으로부터 태동되었기 때문이다.

3) 하나님 가정관 유추類推

첫째, 하나님 가정은 음양가陰陽家이시다. 따라서 이 말은 하나님 가정의 부모에 의해 창조된 모든 피조물被造物은 하나님 가정의 부모를 닮아 음양으로 존재한다는 것이다.

둘째, 하나님 가정은 변화가變化家이시다. 하나님 가정이 변화가 이시기 때문에 천지간에 모든 존재는 일정한 법칙[五行法則]에 입각하여 변화하다는 것이다.

셋째, 하나님 가정은 순환가循環家이시다. 우주가 영원무궁토록 영존永存하는 것은 정한 법칙에 의거해서 순환반복하는 것도 하나님 가정이 순환가 이시기 때문이다.

하나님 가정을 유추하는 이유는 천지의 모든 도리가 한 번은 양이 되고[一陽之] 한 번은 음이 되는[一陰之] 것을 깨달아야 한다는 것이다. 더 나아가 자기가 행한 모든 행동은 필연적으로 응보應報가 있다는 사실을 명심해야 할 것이다.

4) 가정은 행복과 흉복의 공유장共有場

가정은 행복만이 있는 것이 아니다. 크고 작은 불행한 일들이 비일비재非一非再하게 일어난다. 하지만 이런 불행한 사건들은 영원히 불행한 것이 아니라 참고 견디고 기다리면 다시 복의 근원이 될 수 있다는 것이다.

그런 차원에서 보면 불행은 흉복이라는 것이다. 따라서 가정은 행복과 흉복을 공유하는 요람장樂覽場이라고 말할 수 있다.

왜냐하면 결혼結婚이란 글자 속에는 두 가지 숨겨진 의미가 비장秘藏되어 있기 때문이다. 자세히 살펴보면 결結 자字속에는 길한 길吉 자字가 있는데 길吉한 것은 행복을 말한다. 그런데 길吉 자字 배후에는 흉할 흉凶 자字가 숨어있는 것이다. 그 흉 자가 곧 불행의 씨앗인 것이다. 결혼을 해서 가정을 꾸미는 것은 행복과 불행을 공유하고 출발한다는 사실을 명심해야 할 것이다.

결혼의 혼婚 자字속에는 여女 자字와 혼昏 자字가 결합해서 성립된 글자이다. 그런데 여女 자字 속에는 남男 자子 남자男字가 배후에 숨어있는 것이다. 그리고 혼昏 자字는 황혼黃昏이란 어둘 혼昏 지字이다.

따라서 결혼은 남녀가 가정을 이루고 부부[夫婦-男女]가 해로偕老하여 황혼黃昏을 맞이할 때까지 함께 한다는 약속으로 출발하는 것이 가정인 것이다.

5) 가정은 천지의 대본가大本家

가정은 천지부모를 대신하는 천지의 축소체縮小體이다.

남여가 결혼하여 부부가 되어 가정을 이루고 자식을 낳아 양육하면서 행복한 가정을 꾸며가는 과정을 이른 바 가정을 다스려가는 도리이다. 이를 치가지도治家之道라고 하며 따라서 치가지도는 동시에 천지의 대본大本이 되는 것이다.

가정은 사회, 국가, 세계의 기초이고 중심으로서 때문에 치가지도治家之道는 가정에 국한되는 것이 아니다. 이는 동시에 나라를 다스리는 치국지도治國之道의 대본大本이며 더 나아가 치천하지도治天下之道의 대본大本이 된다. 때문에 가정에서 부부와 부모가 내외內外에서 정위正位에 서서 가정을 잘 다스려야 한다. 이것이 하늘 땅의 대의[天地之大義]로서 하늘과 땅의 대본[天地之大本]이라는 천지대도天地大道의 가정가치관家庭價値觀을 알고 살아가야 할 것이다.

6) 가정은 가국일문가家國一門家

가정은 소小 조정朝廷이요, 국가는 대大 조정朝廷이다.

가정의 뜰 정庭 자字 속에는 조정 정廷 자字가 들어 있는 것이다. 따라서 가정은 소小 조정朝廷이요 국가는 대大 조정朝廷으로서 국가라는 명칭에 나라 국國, 집 가家자로 국가가 된 것이다.

때문에 가정과 국가는 가국일문家國一門으로서 가정을 다스리는 치가지도治家之道가 동시에 치국지도治國之道이다. 그것은 바로 나라의 대통령大統領은 나라의 부모父母이며 나라의 백성과 국민은 나라의 자식인 것이다.

부모는 자식을 사랑하듯이 대통령은 국민을 사랑해야 되며 국민은 대통령을 존경해야 되는 것이 가국일문도家國一門道인 것이다.

18. 한반도가 나아갈 길

1) 공화통일共和統一방안의 수립 등

 한반도가 나아갈 길은 첫째로 공화통일共和統一방안을 수립해야할 것이다. 둘째로 그를 위해서는 유엔UN기능을 대체하고 보완하는 세계정부와 국제금융허브가 한반도에 유치하는 운동이 범세계적으로 추진하여 실현되어야 할 것이다. 그러할 때만이 한반도는 인류평화의 모범적 사명국이 될 것이며 나아가 북한의 비핵화非核化의 대안代案이 될 것이다.

 지금 세계를 지배하고 있는 패권주의覇權主義는 인간생명을 말살하고 있는 살상무기체계殺傷武機體系인 것이다. 따라서 패권주의는 일명 백권주의魄權主義라고 하는 것이다. 패권의 패자覇字는 으뜸 패 권세잡을 패, 두목 패이며 또한 초생달 백 자로서 넋 백[魄] 자와 동의同義인 것으로 패권주의는 백골魄骨을 양산하는 백권주의魄權主義라는 것이다.

2) 보익주의시대補益主義時代 중심사명지역으로서 기여

한반도가 나아갈 길은 패권주의가 아닌 중화주의中和主義로서 평화를 숭상하는 백의민족白衣民族의 전통문화를 보유하고 있는 개천절開天節이 있는 나라이다.

과거 역사 시대가 전제군주시대專帝君主時代가 인류를 지배해온 상의하달주의上意下達主義였다면 현대는 하의상달주의下意上達主義인 민주주의시대民主主義時代인 것이다.

그러나 수많은 희생의 토대위에서 이룩한 민주주의도 세계인류의 가난과 고통 대립갈등의 반목투쟁과 전쟁을 해결하기에는 역부족을 실감하면서 이제 한계에 봉착하였다고 생각된다. 왜냐하면 제2차 세계대전이 종식되면서 인류평화의 기치를 높이 들고 1945년 10월에 출범한 유엔이 73년이 경과해도 인류평화의 소망은 아직도 암담하기 때문이다.

이러한 문제의 해결방안에는 첫째로 내면적인 이념체계가 재정립되어야 할 것이며, 둘째로 이제 세계는 유엔의 조직구조를 대체하는 새로운 세계조직의 재편과정을 생각해야하는 시점에 직면해 있다고 보는 것이다.

이런 측면에서 앞으로 인류가 지향하고 추구하는 주의는 상대방에게 유익하게 보충해주는 이른바 상호이익을 주고받는 보익주의시대補益主義時代

로서 이를 중의통달시대中意通達時代라고 한다.

 한반도는 바로 보익주의시대의 중심사명지역으로서 명실상부 인류평화에
기여하는 모델 선도국가先導國家로 나아가야 할 것이다.

19. 결론(맺는말)

1) 불능과 불위

이제는 글을 끝내는 시간을 맞이하였다. 인간은 소우주로서 대우주의 총합 축소체이다. 소우주인 인간은 인생을 경륜하면서 절대 할 수 없는 일이 있고 할 수 있는 일이 있다. 할 수 없는 일을 불능不能이라 한다면 할 수 있는 일을 가능 또는 유위有爲라 한다. 그런데 할 수 있는 데도 하지 않는 것을 불위不爲라 하는 것이다.

예컨대 삼각산을 제주도로 옮기는 것은 불능이라고 한다면 삼각산을 오를 수 있는데 오르지 않는 것은 불위인 것이다. 이른바 국민화합 남북통일은 결코 불능이 아니다. 만약 이를 실천하지 않는다면 불위한 것이며 국민된 자로서 시대적 사명이나 책임의 포기자로 전락될 것이다.

2) 정신혁명과 새 사람

새로운 사람과 낡은 사람의 차이점은 나이가 많고 적음이 아니며 또 배움이 많고 적음도 아니다. 새로운 사상이나 주의 새로운 시대정신의 유무에 따라서 결정되는 것이다. 변화와 혁명의 시발점은 먼저 인간의 정신을 바꾸는데서 비롯된다는 것을 잠시도 잊어서는 안 된다.

한반도 한민족이 가져야 할 오늘의 시대정신은 국민통합과 조국통일 나아가 한반도문명권시대의 개창임을 잊지 말고 이 부름에 호응해야할 사명과 책임으로 재무장하며 대처해야 할 것이다.

부록附錄

1. 우주창조원칙宇宙創造原則

1) 圖策과 理策

(1) 圖策 - 陰策 陽策 中策
(2) 理策 - 天理 物理 中理

2) 樂園信國理想圖策

(1) 生死循環復生運動
(2) 三樂主義復元運動
(3) 信德構造實現運動
(4) 三桓理念布傳運動
(5) 樂園信國建立運動

2. 쌩쌩순환부생반복(尨尨 循環復生反復)

1) 중전도도지中佺道道旨

생사일원生死一源 순환부생循環復生

유무불이有無不二 도리일공道理一空

2) 음부경陰符經

생자사지근生者死之根 사자생근근死者生之根

3) 아함경阿含經

욕지전생사慾知前生死 금생수자시今生受者是

욕지내생사慾知來生死 금생작자시今生作者是

4) 논어論語

미지생언사지未知生焉死知

5) 성경聖經

마16/19-내가 천국문 열쇠를 네게주리니 무엇이든지 땅에서 매면

하늘에서도 매일 것이요 땅에서 풀면 하늘에서도 풀리리라

3. 삼락주의복원운동三樂主義復元運動

1) 낙천주의복원운동樂天主義復元運動
2) 낙원주의복원운동樂園主義復元運動
3) 낙생주의실천운동樂生主義實踐運動

4. 신덕구조실현운동信德構造實現運動

1) 신덕인간화실현信德人間化實現
2) 신덕가정화실현信德家庭化實現
3) 신덕사회화실현信德社會化實現
4) 신덕국가화실현信德國家化實現
5) 신덕세계화실현信德世界化實現

5. 삼환이념포전운동三桓理念布傳運動

1) 개천사상포전운동開天思想布傳運動
2) 태극사상포전운동太極思想布傳運動
3) 홍애사상포전운동弘愛思想布傳運動

6. 우주핵궁도책宇宙核宮圖策

1) 上帝三家一門圖策
상 제 삼 가 일 문 도 책
2) 天地父母神玅家經
천 지 부 모 신 묘 가 경
3) 宇宙觀通經
우 주 관 통 경
4) 훀훀仙風道
쌩 쌩 선 풍 도
5) 海印圭神玅章
해 인 규 신 묘 장
6) 神人合發運行執典圖策
신 인 합 발 운 행 집 전 도 책
7) 樂園信國理想圖策
낙 원 신 국 이 상 도 책
8) 年理圖策
연 리 도 책
9) 數理圖策
수 리 도 책

* 海印圭神玅章
해 인 규 신 묘 장

7. 간지분합도책1干支分合圖策1

1) 干支原理

(1) 天干의九宮八方

東方甲乙木 南方丙丁火 中央戊己土(中宮) 西方庚辛金

北方壬癸水 - 五行十干

中央戊己土-四大間方化出(東南戊土 - 西北戊土 - 東北己土 -
西南己土) 故로 九宮八方 成立

(2) 地支의 九宮八方

東方寅卯木 南方巳午火 中央辰戌丑未土(中宮)

西方申酉金 北方亥子水 - 五行十二支

中央辰戌丑未 - 四大間方化出(東南辰土 - 西北戌土 - 東北丑土

西南未土) 故로 九宮八方 成立

(3) 戊己丑辰生長分裂(下而上達)

戊己未戌收藏統一(上而下達)

2) 分合原理

(1) 分裂生長 - 下而上達 - 根實逆行

(2) 統合收藏 - 上而下達 - 實根順行

(3) 分合曰生長收藏逆順行

(4) 分裂發展 - 統合收縮

(5) 善分生長 - 惡合收縮

3) 간지분합도책2

干 支 分 合 圖 策

丙　丁
2·7 南方火
巳　午

戊辰土

己未土

甲　乙
3·8 東方木
寅　卯

戊　己
5·10 中央土
辰戌丑未

庚　辛
4·9 西方金
申　酉

己丑土

戊戌土

任　癸
1·6 北方水
亥　子

8. 자연법칙변승운행도自然法則變承運行圖

自然法則變承運行圖

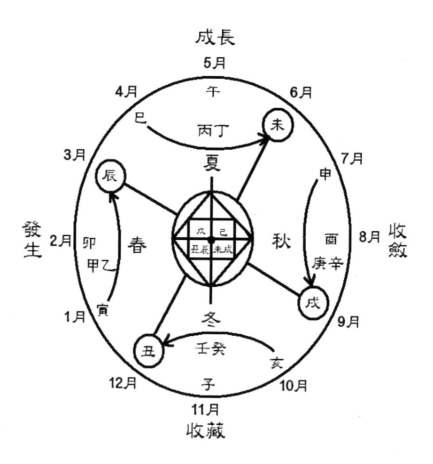

9. 중궁팔방성신도책中宮八方星辰圖策

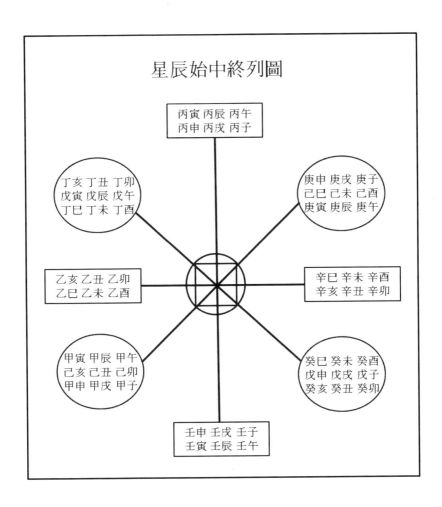

星辰始中終列圖

丙寅 丙辰 丙午
丙申 丙戌 丙子

丁亥 丁丑 丁卯
戊寅 戊辰 戊午
丁巳 丁未 丁酉

庚申 庚戌 庚子
己巳 己未 己酉
庚寅 庚辰 庚午

乙亥 乙丑 乙卯
乙巳 乙未 乙酉

辛巳 辛未 辛酉
辛亥 辛丑 辛卯

甲寅 甲辰 甲午
己亥 己丑 己卯
甲申 甲戌 甲子

癸巳 癸未 癸酉
戊申 戊戌 戊子
癸亥 癸丑 癸卯

壬申 壬戌 壬子
壬寅 壬辰 壬午

10. 중천궁운행도책中天宮運行圖策

中 天 宮 運 行 圖 策

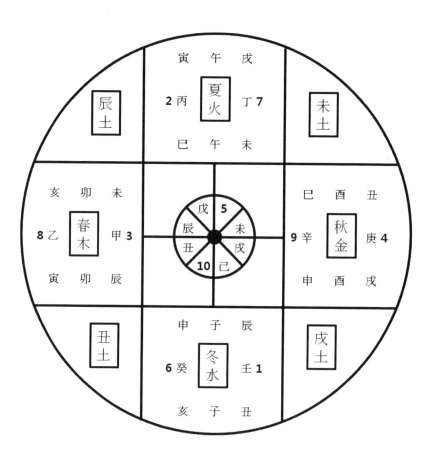

11. 核傳子(幸福遺傳子와 不幸遺傳子)
핵 전 자 행 복 유 전 자 　 불 행 유 전 자

前生遺傳子改善
전 생 유 전 자 개 선
現生履傳子修正
현 생 이 전 자 수 정

陰傳子 - 金水傳子
음 전 자 　 금 수 전 자
中傳子 - 土傳子
중 전 자 　 토 전 자
陽傳子 - 木火傳子
양 전 자 　 목 화 전 자

履傳子란 삶 속에서 맺은 傳子이다. 卽人傷. 物傷. 災傷. 病傷 等
이 전 자 　 　 　 　 　 　 전 자 　 즉 인 상 　 물 상 　 재 상 　 병 상 등

12. 중전도中佺道

1) 中佺道道旨
- 生死一源 循環復生
- 有無不二 道理一空

2) 中佺道道佺

- 補益天下 盛國亨民

3) 中佺道道世

- 道政一體 萬國咸寧

4) 中佺道綱領

- 七福神 信仰生活
- 身主象 迎慕運動

13. 천지부모신묘가경

天地父母神妙家經
천 지 부 모 신 묘 가 경
宇宙創造陰陽家 五方運行造化家
우 주 창 조 음 양 가 오 방 운 행 조 화 가
一六北方水宮家 二七南方火宮家
일 육 북 방 수 궁 가 이 칠 남 방 화 궁 가
三八東方木宮家 四九西方金宮家
삼 팔 동 방 목 궁 가 사 구 서 방 금 궁 가
五十中央中宮家 神妙六氣仙風家
오 십 중 앙 중 궁 가 신 묘 육 기 선 풍 가
豁然貫通大道法 願爲大降繼仙策
활 연 관 통 대 도 법 원 위 대 강 계 선 책

時空發言 必隨其主

천지 우주에서 생성되는 말과 생각은

반드시 그 진원지인 주인에게 돌아간다

不知發言 反省復元

부지불식 간에 생성된 말과 생각이라도

잘못을 반성해야 원 상태로 돌아간다

辭順不從 出顯不祥

우주에 순응하는 말과 생각을 따르지 않으면

반드시 상서롭지 못한 것으로 나타난다

暗腤波長 生氣源泉

빛과 소리로 생성되는 파장은

우주가 지탱하는 생기의 원천이다

中佺道 道府主 · 道墡后 合掌
중 전 도 도 주 부   도 선 후 합 장

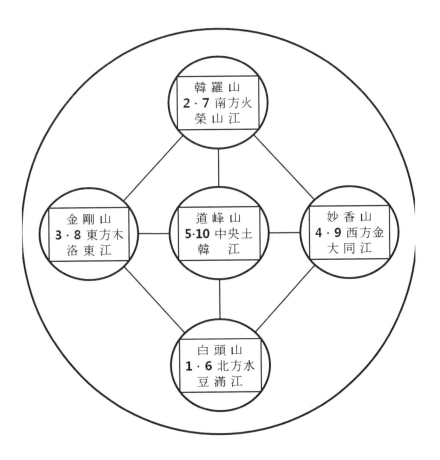

統一念願 樂園東山 錦繡江山

五大山王神 五大龍王神 大和合 江山祭

韓羅山
2·7 南方火
榮山江

金剛山
3·8 東方木
洛東江

道峰山
5·10 中央土
韓　江

妙香山
4·9 西方金
大同江

白頭山
1·6 北方水
豆滿江

先天界運行圖策

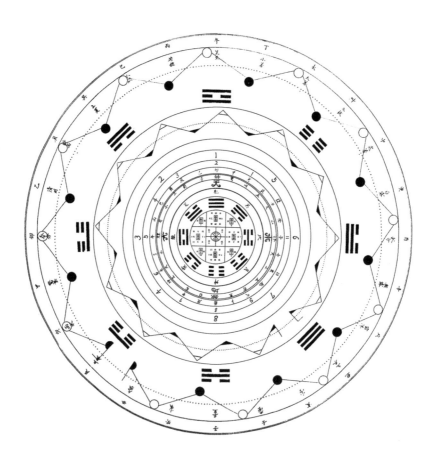

後 天 界 運 行 圖 策

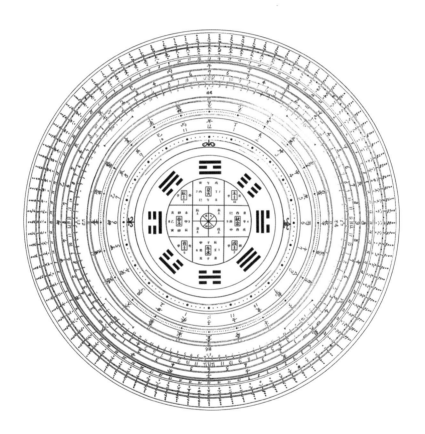

저자 약력

성명 :　　최주완(崔柱完. CHOI, JOO-WAN)
E-MAIL : jwchoi4055@naver.com

충남보령 출생
1980년 2월20일 강남대학교 신학과 졸업
1955년 한문학수학(『논어』 『맹자』 『중용』 『대학』 등)
1973년-1975년 공산주의이론비판연구(통일사상연구원)
1980년-현재까지 동양사상(『주역』) 및 오경원리연구

경력
1966년	4월26일	충남반공계몽단 청양군 단장겸 충남경찰국 전임반공위촉강사
1971년	6월1일	경남경찰국 전임 반공위촉강사
1972년	6월1일	경기도경찰국 전임 반공위촉강사
1980년	12월1일	국제승공연합 중앙본부 조직국장 겸 중앙연수원 교수
1986년	6월	주식회사 뉴스타관광 대표이사 사장
1987년	10월	신민주공화당 창당발기인 겸 중앙위원 동 당 13대 국회의원 공천신청 (서울관악구) 선대위원장(김용태 전 공화당 원내총무)보좌역
1988년	3월	사단법인 동서문화교류협회(회장 김용태)이사 겸 사무총장
1991년	1월21일	민주자유당중앙위원
1995년	11월	주식회사 한아산업 대표이사 회장
1997년	11월	주식회사 태청환경산업 대표이사 회장
2001년	4월6일	새천년민주당 고충처리위원회 부위원장(임명장 제2478회 총재 김대중)
2002년	6월29일	조국통일 민간인총회 회장
2002년	10월28일	사단법인 충.효.예 실천운동본부 부총재
2007년	5월1일	기독복지민주당 대외협력단장
2008년	10월	환경NGO신문 고문
2009년	7월17일	태청홀딩스(주) 대표이사 회장(현)
2015년	9월4일	세계신평화연합결성 및 회장
2017년	6월	세계낙원신국연합결성 및 회장

수상 및 감사장
반공강연 총 2100회 이상 실시
경찰국장. 내무부장관. 국무총리. 군부대. 표창 및 감사장 18회 수상
2006년 9월 18일 육군 제27사단장 감사장

저서
『역리요결 책략지침』
『동방의 등불코리아소명』

雄山 崔柱完
웅산 최주완

MEMO

MEMO

MEMO

한반도가 나아갈 길 共和統一方案

초판 1쇄 인쇄 2018년 6월 8일
초판 1쇄 발행 2018년 6월 12일

지은이	웅산 최주완
펴낸이	홍수경
펴낸곳	엠에스 북스
출판 등록	제2 - 4570(2007년 2월 26일)

주소	서울 마포구 토정로 222 한국출판콘텐츠센터 422호
전화	02)334-9107
팩스	02)334-9108
이메일	pubms@naver.com

© 웅산 최주완

ISBN 978-89-97101-09-2-03810

책값 14,500원

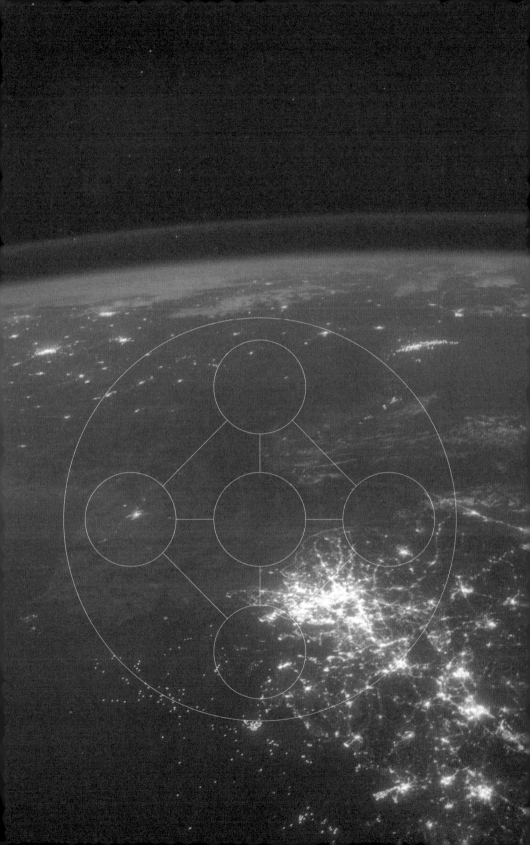

이미지